Bodo Jeske

23 böse Kurzgeschichten

FSC
www.fsc.org
MIX
Papier aus verantwortungsvollen Quellen
Paper from responsible sources
FSC® C105338

Bibliografische Information der Deutschen Nationalbibliothek:
Die Deutsche Nationalbibliothek verzeichnet diese Publikation in der Deutschen Nationalbibliografie; detaillierte bibliografische Daten sind im Internet über http://dnb.dnb.de abrufbar.

Zweite Auflage 2021

Umschlaggestaltung: Bodo Jeske, Berlin

Herstellung und Verlag:
BoD – Books on Demand, Norderstedt

ISBN: 9 783752 687248

Für R.,

für Deine Unterstützung danke ich Dir,
für Deine Geduld und für die Zeit, die
Du mir gegeben hast.

B. J.

Bodo Jeske

23 böse

Kurzgeschichten

Inhaltsverzeichnis

Frank

Rosi Winter legte ein Lesezeichen ins Buch, klappte es zu und sah aus dem Fenster. An den weiten Blick musste sie sich noch gewöhnen. Nicht mehr der graue Putz des zweiten Quergebäudes mit den Meiers darin, nein, jetzt sah sie aufs offene Meer. Jeden Tag. Wann immer sie wollte. Am Horizont zogen Containerschiffe von rechts nach links und von links nach rechts. Sie zählte sie nicht mehr, trug auch keine Armbanduhr, spürte aber, dass sich ihr Magen meldete. Es müsste bald die Dämmerung einsetzen und das Land zur Ruhe kommen. Zu noch mehr Ruhe. Selbst wenn irgendwann 98 Prozent der Republik mit Breitband versorgt sein werden, wird es hier noch immer keinen Handyempfang geben. Zu wenig Leute.

Rosi Winter war von der Großstadt ins größte Funkloch Deutschlands gezogen, fern ab jeglicher Zivilisation. Sie wollte es so. Sie wollte den Bruch nach ihrer Berufstätigkeit. Während andere ständig Freunde und Bekannte krampfhaft sammelten, um nur nicht allein zu sein in der Zeit der endlosen Freiheit, verkroch sich Rosi. Sie krabbelte weg aus dem wahren Leben, um sich zu finden, besser nachdenken zu können und um offene Rechnungen zu sichten.

Eine schöne Geschichte. Liest sich gut, dachte sie. Aber eigentlich nicht praxistauglich. Mit einem Schild im Fenster einen Fremden locken. *Pension.* Warten wie eine Spinne. Und wenn tatsächlich mal ein Gast durch die Tür tritt, schnappt die Falle zu?

Nein, sie würde keinen Fremden locken. Sie würde das *ganz anders* machen. Rosi *war* anders.

„Mensch, Rosi, du bist ja noch immer so verrückt wie damals. Das ist ja der pure Wahnsinn!", begrüßte sie Frank. Er kletterte aus seinem alten Golf, zeigte auf das weite Land, den Himmel und das Meer, bevor er sie in die Arme nahm: „Ich bin gefahren und gefahren und dachte schon: Gleich ist Schluss. Da kommt nichts mehr. Und dann endlich das Häuschen. Toll! *Dein* Häuschen?"

„Ja, klar. Direkt an der Steilküste. Und stell dir vor: sie hält! Obwohl sich das Meer immer mehr Land holt. – Irgendwann wird alles weggespült sein. Aber nur *so* war es bezahlbar. Und die Einsamkeit gab es umsonst dazu."

„Ne Kaufhalle?", fragte Frank und drehte sich um. „Ne Apotheke? Arzt? Öffentlicher Personennahverkehr?"

„Viermal Fehlanzeige", meinte Rosi, „hier gibt es nur mich und sonst nichts. Und davon viel."

„Echt stark, Rosi!" Zögerlich fragte er: „Hast du manchmal Angst, hier am Ende der Welt?"

„Wer so fragt, hat schon verloren." Sie hakte sich unter und zog ihn fest an sich. „Aber jetzt hab' ich ja einen Beschützer. Wie lange willst du eigentlich bleiben?"

„Weiß auch nicht. Wäre schön, wenn ich nicht sofort wieder losmuss."

„Aber du weißt schon, wann der Fisch zu stinken beginnt?", fragte sie.

„Das war so nach drei, vier Tagen?"

„Stimmt. Jaja, so sagt man."

Um dem kräftigen Wind auszuweichen, gingen sie ins Haus. Nun konnte Frank von Rosis Stammplatz den Blick auf das Meer genießen: „Wow, für die Sinne bestimmt gut. Aber für die Seele?"

„Du meinst: Ich sollte etwas gegen die Einsamkeit tun und Leute um mich scharen? Das brauch ich nicht mehr. Ich kann auch ohne leben."

„Und was ist mit deinem Sex?"

„Davon hatte ich wahrlich genug."

„Keine feste Beziehung mehr?"

Sie schüttelte den Kopf: „Ich kann auch ohne leben."

Frank sah sie argwöhnisch an, zog eine Augenbraue hoch, überlegte und fragte: „War es denn so schlimm mit mir damals?"

„Fang nicht wieder *so* an! Bei dir verklärt sich alles mit der Zeit. Hast du vergessen, dass wir geschieden wurden? Und es dafür mindestens *einen* Grund gab?“

„Nein, das hab' ich nicht. Aber hattest du nicht *mehr* Glück mit deinen Ehen nach mir?“

„Nicht wirklich. Ich glaube, ich kann nicht ewig mit jemandem zusammen sein.“

„Schade.“

„Nicht schade. Lebenserfahrung.“

„Okay, verstehe. Aber, bevor ich dich auffresse, lass uns zu einem Restaurant fahren. Ich lade dich ein.“

„Nee, lass mal. Ich will dich ja hier bei mir *verstecken*“, scherzte sie geheimnisvoll. „Und ich hab' sogar etwas Essbares da, auch wenn es keine Kaufhalle in der Nähe gibt.“

Vom schweren Rotwein wurden ihre

Gedanken langsamer. Nicht jeder Frage folgte eine Antwort. Monologe hingen in der Luft. Schließlich zog nur noch das Doppelbett.

Die Sonne hatte ihren Aufgang hingelegt, ohne von den beiden beachtet zu werden. Rosi machte bereits das Frühstück, als Frank endlich wach wurde. Benommen kam er zum Tisch, setzte sich, bat um zwei Kopfschmerztabletten und fragte vorsichtig: „War da was zwischen uns?" Er rieb sich die linke Wange. „Tut ganz schön weh", stellte er fest.

Erbost sagte sie: „Ja, da war was! Du hast dich wieder über mich hergemacht! Hast es zumindest versucht. Da hab' ich dir eine geknallt."

„Ach Mensch, entschuldige bitte. Das war wohl der Wein?"

„Du hast dich keinen Deut geändert:

Wie früher wolltest du mich nehmen. Soll ich dich jetzt anzeigen; oder wie stellst du dir das vor? Die Zeiten haben sich geändert. Von *MeToo* hast du schon gehört?"

Er schüttelte verzweifelt seinen Kopf: „Nein, ja, ich …"

Sie äffte ihn nach: „Ich wollte das nicht, wirklich nicht. Hab' ich denn tatsächlich?"

„Rosi, glaub mir bitte", stammelte er, „ich fahr doch nicht so weit, um dir wehzutun. Ganz bestimmt nicht. Du hast mich eingeladen und ich dachte mir: Schaust mal, wie sie jetzt so lebt."

„Ja, ja", sagte Rosi nachdenklich, und dann war sie plötzlich verändert, als ob ein Schalter umgelegt wurde. Sie ging um den Tisch herum, drückte Franks Kopf an ihren Busen und sagte sanft: „Alles ist gut. Das war eben ein Scherz. Da war nichts in der Nacht. Schade eigentlich." Nun kitzelte sie ihn ab, so dass er lachen musste. Zwar etwas gequält; aber es gelang ihr.

„Und warum tut mir meine Wange weh?“, fragte er.

„Eine Mücke? Als sie auf deinem Gesicht landete, hab’ ich zugeschlagen.“

Erleichtert atmete er aus: „Du machst Sachen mit mir.“

Sie kniff ihn in beide Wangen. Und damit war die Angelegenheit für sie erledigt.

Nach dem Frühstück folgte ein Spaziergang. Immer an der Steilküste entlang, oben natürlich. An besonderen Stellen blieben sie stehen, hörten dem Meer zu, wie es atmete, und sahen, wie es stetig an die Küste schlug.

Ja, sie hatte ihn hergelockt, und nun kam alles wieder hoch. Von ihren drei Ehen war er *der Vergewaltiger*. Sollte sie heute mit ihm diskutieren? Dass er sie nie gleichwertig behandelt hatte, dass er sie sich nahm, wenn ihm danach war? Auch mit Gewalt. *Er* war der Bestimmer. Sie musste springen. – Aber sollte sie ihn jetzt zur Rede stellen? Er würde sich garantiert rausreden: Hör doch auf damit. Das waren andere Zeiten. Selbst der Clinton hat es sich im Oval Office besorgen lassen. Überall haben die Männer so gedacht und es gemacht. Es war normal! – So oder ähnlich wäre bestimmt seine Antwort.

Hätte es damals schon *MeToo* gegeben, hätte man bestimmt viele aus dem Amt gejagt. Und in den kleinen Familien wäre manches anders gelaufen. Doch wer zeigt heute all die vielen, unbekannten Vergewaltiger an?

Jetzt, hier oben, an der Steilküste wäre es ein Leichtes für sie, ihn zu schubsen. Sie hatte den Heimvorteil, kannte jede gefährliche Stelle. Aber sie ließ ihn einfach laufen, sah zu, wie er interessiert die steile Küste erkundete, in jede Ecke schaute und in jeden Abgrund. Mit ihrem Arm zeigte sie auf eine besondere Stelle, an der das Meer die Steilküste bereits unterspült hatte, aber da rutschte er schon.

Das Meer brauchte vier Schläge. Bereits die fünfte Welle nahm ihn mit hinaus.

Nun musste sie nur noch sein Auto über die offene Grenze fahren, dann auf einem Marktplatz abstellen und die Schlüssel einfach stecken lassen.

Das war Frank, dachte sie.

Peter folgt später.

Kommissar Meier war abends noch lange am Tatort.

Pech jehabt

Es war einer dieser heißen Tage im Juli 2018. Kein Wind wehte. Nur stehende, heiße Luft. Er hatte die 36°C so leidlich überstanden. Doch selbst jetzt, um 23.00 Uhr, waren es noch immer 26°C. Eine tropische Nacht, so der Wetterdienst.

Da er bei dieser Hitze sowieso nicht schlafen konnte, saß er auf einer Parkbank. Schon den zweiten Abend. Für ihn äußerst ungewöhnlich. Aber zu beschäftigen wusste sich Kommissar Meier. Hier konnte er über den Fall nachdenken und sein neues Smartphone weiter erkunden. Zwei große Fragezeichen.

Wieso wurde vor drei Tagen im Krankenhaus ein Mann erstickt? Verwandte hatte er keine.

Ein junger schlaksiger Kerl näherte sich und fragte, bevor er sich auf die Bank fallen ließ: „Noch frei?“

„Ja, klar. Liegt ja kein Handtuch da“, antworte Kommissar Meier und grinste dabei.

Der Kerl fläzte sich hin, saß breitbeinig, nickte zum Smartphone rüber und fragte: „Soll ick dir helfen, *Opa*?“

„Nee, lass man. Schaff ich schon.“ Kommissar Meier steckte sein Smartphone nun doch lieber in die Hemdtasche.

„Alles klar. Aber beeil dich *Opa,* bevor die nächste Generation auf dem Markt ist“, meinte der Bursche.

„Juter Tipp. Bist du öfter hier, falls ick doch nicht klarkomm’ und noch ’ne Frage hab’? – Ich mein ja nur.“

„Nee. Nur noch heute.“

„Verstehe: Heute hier, morgen da. Will ja auch die Wirtschaft so. Flexibel sollste sein. – Bei mir is det noch anders jewesen: Ein Job von der Lehre bis zur Rente.“

„Gruslig, immer dieselben Jesichter.“

„Jeht schon. Wenn’s jut ging: Erst von unten, dann von oben. Die Jesichter, mein ick.“

„Du bist ja echt jut druff. Aber Karriere muss nicht sein. Hartz IV reicht völlig und nebenbei machste, wat Kohle bringt.“

„So seid ihr. Immer nur Spaß haben. Bringt dir aber keene Punkte. Für die Rente, mein ick.“

„Mensch *Opa,* du bist ja so wat von jestern! Schlimmer als meine Alten! Globste denn wirklich, dass det ewig Rente jeben wird? Und außerdem hab *ick* bestimmt *mehr* Kohle wie du."

Jetzt musterten sie sich gegenseitig. Anerkennend meinte der Bursche: „Naja, vielleicht erst nächste Woche."

„Wieso, kennste die Lottozahlen?"

„Nee, aber da erb ick", prahlte der Junge, „mein Opa liegt da drin", er machte eine Kopfbewegung nach hinten. Zum Krankenhaus.

„Ah ja. Steht's so schlimm um ihn?"

„Wer weeß?", er zog vielsagend seine Schultern hoch. „Eigentlich macht der noch *ewig,* wenn man *nischt* macht."

Nun sagte der Kommissar: „Vorgestern wurde da drin ein älterer Herr erstickt."

„Hab ick ooch jehört. Is aber schon *drei* Tage her. Armer Kerl. Der konnte nischt dafür. Hat eben Pech jehabt."

„Hat Pech jehabt?"

„Naja, die schieben doch die Leute hin und her. Zack, biste im andren Zimmer."

„Hat Pech jehabt?", wiederholte Kommissar Meier leise.

„Wie guckst du denn? Wie so 'n Bulle. Is dir nich jut?"

„Ach, lass man. Die Hitze schafft mich."

„*Opa,* halt dich senkrecht. Reicht, wenn die da drinnen wie die Fliegen umfallen."

„Schon jut. Haste noch wat jehört?"

„Nur, det die Bullen im Dunkeln tappen. Die sind aber auch blöd! Fragen bei Bekannten. Anstatt mal nachzudenken", er tippte an seinen Kopf, verdrehte die Augen und sah nach oben.

„Ja klar, nachdenken, würd' ick och, wenn ick en Bulle wär' ..., aber?"

„Mensch, *Opa*! Nich bei *dem* suchen, sondern im Zimmer! Da wird so schnell mal eener valecht. Vielleicht stand sein Bett im falschen Raum? Und außerdem sind die doch alle selber schuld. Jeder kann da rinn, keene Kontrollen, keene Kameras aufm Flur. Haben alle ein Arschvertrauen. Kann man doch ausnutzen, oder?“

„Aber ersticken? – Ick würd’ doch meinen Alten fragen, ob er nicht mal *vorher* wat rüberreichen kann.“

„Du bist ja en Schlaumeier. Schon mal wat vom *Berliner Testament* jehört? Erben jeht erst, wenn beede hin sind.“

„Ach so. Woher westn det allet?“

„Aus’m *Abendblatt*?“

„Ah ja. Da stand‘s drin?“

„Is doch egal“, grinste der Bursche, sah auf seine Uhr und meinte: „Schon halb zwölf. Ick muss los, *Opa*. Kann nicht ewig labern. Muss noch wat zu Ende bringen.“

Nachdem der schlaksige Bursche im Park verschwunden war, nahm Kommissar Meier sein Smartphone aus der Brusttasche, machte das Diktiergerät aus und wählte eine gespeicherte Nummer. Als sich endlich jemand meldete, fragte er kurz: „Seid ihr noch vor Ort? – Gut. – Ich glaube, er kommt."

Schlechtes Wetter - Gute Zeiten

Na, mal sehen, was diesmal los ist, dachte sich Daniel Neubert, als er wieder einmal zu seiner Oma aufs Land fuhr. Er parkte seinen alten *VW-Bus* direkt vor dem Grundstück, klingelte kurz und öffnete mit dem ihm anvertrauten Schlüssel das Häuschen. Seine Oma Margot war nicht da. Daniel ging hinters Haus, fand sie dort am Gartentisch sitzend, neben ihr lag eine Tüte mit einem Preisschild dran. Sie nahm die Tüte zur anderen Seite, damit sich Daniel setzen konnte.

„Ist es das Wetter?“, fragte er mitfühlend. Der Sommer machte eine Pause. Die Sonne schaffte gerade mal 17°C und am Vormittag hatte es geregnet.

„Nein, nein. Das kühle Wetter ist es nicht. Die Hitze mag ich schon lange nicht mehr, das Wetter ist eigentlich gut. Bringt weniger Lärm“, sagte sie und lächelte.

„Das verstehe ich nicht“, meinte Daniel.

„Na, du sagst immer, du kommst zu mir *aufs Land*. Hier wäre es so ruhig. Das hat sich sehr gewandelt. Die Stadt hat sich ausgedehnt, viele wohnen jetzt hier draußen und fahren zur Arbeit täglich rein.“

„Ist das nicht gut?“, fragte Daniel vorsichtig.

„Doch, doch. Über den Zuspruch könnte man sich freuen. Aber die Neuen bringen so viel Ungewohntes mit.“

„Was meinst du damit?“

„Viele Leute machen viele kleine Menschen. Und die Kleinen machen Krach. Im Nachbarhaus zur linken Seite wurde jetzt eine Kita eröffnet. Nur wenige Kinder werden da betreut. Es sind mal vier, mal sechs. Soll ja alles so sein. Aber bei schönem Wetter spielen sie natürlich draußen, kreischen und schreien rum. Und wenn ich dann die Erzieherin sehe ... Früher hätte man gesagt: Selbst noch ein Kind. Steht da, passt auf, ruft, schreit die Namen der Kleinen, verbietet. Sagt aber nicht, was sie nun machen sollen. Eine Anleitung kommt da nicht."

„Ach, Omi", Daniel umarmte und drückte sie. „Das Leben geht weiter."

„Oh ja, da hast du recht. Wenn abends die Eltern zurück sind, wollen sie entspannen und grillen. Irgendein Duft weht garantiert zu mir rüber. Oder sie gehen in die Kneipe, drei Häuser weiter zur rechten Seite. Und bei gutem Wetter sitzen sie im Biergarten. Der Wirt hat die mageren Jahre überstanden. Der freut sich über die Neusiedler. Wer ist denn von uns Alten bei ihm noch eingekehrt?“

Daniel lauschte: „Aber heute ist Ruhe.“

„Ja, weil das Wetter schlecht ist.“

„Und wir hatten mal überlegt, ob du zu uns in die Stadt ziehst.“

„Brauch ich nicht mehr. Jetzt ist die Stadt zu *mir* gekommen.“

„Ach, Omi! Was mach ich denn nur mit dir? So kann ich dich doch nicht allein lassen! Selbst wenn ich das ganze Wochenende bleibe …“

„Du kannst gar nichts machen! Manchmal frage ich mich: Warum immer *ich*? Warum reden andere ständig in mein Leben rein?“

„Meinst du wieder die alten Geschichten?“, fragte Daniel. Er kannte sie aus mehreren Erzählungen: Ihr Vater hatte das Haus gebaut und 1928 war alles bezahlt. Die Zeiten strichen übers Land, und 1960 entschied sich der Vater, allein nach West-Berlin zu gehen. Die Familie blieb auf dem Grundstück zurück, musste aber nun Miete zahlen, denn es war plötzlich ein *West-Grundstück* und wurde vom Staat verwaltet. Im Grundbuch stand nur der Vater. Als sich dann die Familie verkleinerte, weil eine Tante starb, sollten neue Leute in die freigewordenen Räume einziehen. Wohnraum war knapp. Einziger Ausweg: Das Haus kaufen. Zum zweiten Mal. Aber der Boden blieb in der Hand des Staates, bis zuletzt selbst dieses Gesetz geändert wurde und Oma Margot nun auch das Grundstück kaufen konnte. Zum zweiten Mal.

„Warum reden andere ständig in mein Leben rein?", wiederholte sie ihre Frage.

Nun zeigte sie auf einen Artikel im Heft für *Grundstücksnutzer*. „Hier steht, dass ich mein Haus verkaufen muss, wenn die Rente für meine Pflege später nicht reicht."

„Aber", wollte Daniel helfen, „hängt das nicht von der Größe des Hauses ab?"

„Ja. Es ist zu groß, selbst wenn du pro forma bei mir einziehst. Und verschenken geht auch nicht mehr wegen der 10-Jahres-Klausel."

„Schaffe, schaffe, Häusle baue. War mal so 'n Spruch", warf Daniel ein.

„Gilt aber nicht mehr. Jedenfalls nicht für mich. Eigentlich kann ich gleich Schluss machen. Aus. Schluss. Vorbei."

Erst jetzt erkannte Daniel in der Tüte auf der Bank neben seiner Oma ein Seil.

Vorsichtig fragte er: „Was hast du denn da? Du willst doch nicht etwa …?"

„Doch", sie zögerte kurz, „ich war wieder bei Friedchen im Pflegeheim. Und da lag dieses Ding neben ihr. Ich sagte: ‚Lass' mal den Quatsch. Ist auch keine Lösung.' Ich wollte nicht, dass sich Friedchen etwas antut und hab' das Ding einfach mitgenommen. Nun liegt es hier. Unbenutzt. Ich möchte es *dir* schenken! Du hast doch kein Abschleppseil. Und dein Auto ist schon mächtig alt", nun konnten beide herzhaft lachen. „Du kennst mich doch. So schnell gebe ich nicht auf."

Sie saßen noch lange auf der Gartenbank. Als es kühler wurde, holte Daniel eine Decke aus seinem Auto. Schweigend genossen sie die Ruhe und dachten nach. Daniel meinte: „Auch morgen wird sich das Wetter nicht ändern, so der Bericht."

„Gut so", sagte Oma Margot, „jetzt ist schlechtes Wetter – gute Zeiten für mich."

Die Domain

Als Detlef Müller die Spätnachrichten hörte, platzte am 14. Dezember 2009 sein großer Traum.

Er hatte sich Jahre zuvor ein *Ding* ausgedacht, das ihn zum Millionär hätte machen können. Doch als er nun die Nachrichten hörte, traute er seinen Ohren nicht. Dabei war er sich seiner Sache sicher gewesen. Er dachte sogar an seinen vorzeitigen Ruhestand. Nicht mehr arbeiten müssen! Zum Glück hatte er die Kündigung noch nicht eingereicht.

Detlef Müller musste sofort in die Kneipe. Ihm blieb noch eine Stunde, um sich sein Unglück von der Seele zu reden.

Mit einem *„Wie siehst du denn aus?“* wurde er von den zwei letzten Gästen begrüßt.

Verlegen meinte er: „Wie denn? Sieht man mir was an?“

„Na, und ob“, meinte der dicke Mike, „ist dir wat abhandenjekommen?“

„Ja, so kann man es auch sagen … Auf jeden Fall eine Menge Geld. Futsch, weg!“

„Wie denn? Du hattest mal viel Geld? Das wusste ich gar nicht“, meinte der langsame Peter.

Und der Wirt schaltete sich ein: „Na, für alle ein Gläschen? – Und dann erzählst du mal in Ruhe.“

„Ja, ja, ich schmeiß 'ne Runde“, sagte Detlef Müller zum Wirt und erzählte los: „Also, ich schätz mal 'ne Million ist weg.“

Plötzliche Stille. *Ne Million is weg,* klang

es nach. Dann meldete sich der langsame Peter: „Du und 'ne Million? Mensch, hätt' ich dir nie zujetraut!"

„Naja", druckste Detlef Müller herum, „wenn man sie hat oder kurz davorsteht, soll man ja nicht drüber reden. Aber jetzt ist der Traum geplatzt und ich bin wieder ganz unten."

„Quatsch, ganz unten! Du bist einer von uns", sagte der Wirt.

„Das mein ich ja", sagte Detlef Müller.

„Wat hast 'n für 'n Ding drehen wollen?", fragte wieder der dicke Mike.

„Wer von euch kennt sich mit 'm Internet aus?", wollte Detlef Müller wissen.

Der langsame Peter hatte davon keine Ahnung; aber der dicke Mike und der Wirt kannten sich aus.

„Im Internet gibt es verschiedene Seiten. Als Nutzer kannst du zum Beispiel *Amazon.de* oder *Frag-Mutti.de* anklicken."

„Ja, na klar“, antwortete der dicke Mike.

„Damit der Nutzer dort hinklicken kann, muss sich der Anbieter eine Internetseite kaufen, die er selbst gestalten kann. Und diese Domain …“

„Die Domäne ist mir zu weit weg. Ick fahr' immer zu Roller, wenn ick wat brauche“, warf der langsame Peter ein.

„Nun hör doch mal zu“, sagte Detlef Müller, „eine Domain ist eine Internetseite. Und diese Seite muss einen Namen haben, sonst findet sie ja keiner.“

„Ja“, sagte der dicke Mike. „Und wat hast 'n nu jemacht?“

„Ich habe mir mehrere Internetseiten gekauft und immer schön bezahlt dafür. Schon über Jahre.“

„Hm“, machte der langsame Peter.

„Je öfter diese Seiten von Leuten aufgerufen werden, umso wertvoller sind sie.“

„Warum sollten deine Seiten fremde

Leute anklicken? Det versteh ick nich“, sagte der langsame Peter.

„Gleich. Wenn du eine Seite mit 600 Zugriffen täglich hast, hat diese Seite einen ordentlichen Wert. Beim Verkauf könnte der neue Besitzer Werbung platzieren, die dann mindestens 600 Leute am Tag sehen. Hast du aber eine Seite, die 50.000 Leute am Tag aufrufen, ist deine Domain ein Vielfaches wert.“

„Versteh ick“, sagte der dicke Mike.

„Und welche Seiten hast du gekauft?“, fragte der Wirt.

„Alle möglichen Kombinationen mit *BBI*. Zum Beispiel: *BBI.International.de,* auch *Flughafen.BBI.de* und umgedreht wie *BBI.Flughafen.de, BBI-Check-in.de* und so weiter. Dann noch einmal diese Namen mit *.eu* und mit *.com*. Da kam schon eine stattliche Anzahl zusammen. Und für all diese Seiten hab’ ich jahrelang gezahlt.

Über 60.000 Zugriffe hatte ich am Tag."

„Jetzt versteh ick", sagte der langsame Peter. "Die haben schon mal nach *BBI* jeschaut und sind bei dir jelandet."

„*Jelandet* is jut. – Ich hatte gehofft, dass der Flughafen *BBI* kommen wird."

„Ja, der kommt doch; oder wird er nun doch nicht mehr jebaut?", fragte der langsame Peter.

„Der Flughafen kommt, wird aber nun *Flughafen Willy Brandt* heißen und unter dem Namen *Flughafen Berlin Brandenburg* als Firma laufen. Die Tage für die bisherige Bezeichnung *Berlin Brandenburg International* seien gezählt, wurde heute berichtet. *BBI* war nur ein Arbeitstitel."

„Mist", sagte der langsame Peter. „Aber nun erklär mir doch mal, wieso du 'nen Haufen Kohle verloren hast? Die vom Flughafen hätten dir doch nischt jejeben."

„Na klar: Wäre *BBI* gekommen, hätte

man mir meine wertvollen Domains abkaufen müssen. Du musst dir vorstellen, meine Internetseiten stellen einen rechtlich geschützten Vermögenswert dar."

„Na, wenn det mal stimmt?", meinte der langsame Peter, „hättste Aktien jekoft, dann wär' dein Geld nich weg."

„Nee, nee, nee, lass mal", winkte Detlef Müller ab, „nicht Kleingeld. Nicht kleckern, sondern klotzen! Ich wollte ein großes Ding drehen. Aber nun, durch den anderen Namen, wurden meine *reservierten* Seiten wertlos."

„Und das hätte viel jebracht?", wollte der langsame Peter doch noch mal wissen.

„Vielleicht nich ganz 'ne Million; aber ein paar Tausender auf jeden Fall! – In Amerika wurde 2006 eine einzige Seite für 11,5 Millionen US-Dollar verkauft", sagte Detlef Müller.

„Wow, det is aber ville Jeld! Wie heißt

'n die Seite?", fragte der langsame Peter.

„Sex.com."

„Da siehste mal wieder", meinte der Wirt, „mit Sex kannste viel Geld machen, aber mit ehrlicher Arbeit kannste gar nix verdienen."

Die Internetseite sex.com wurde in das Guinness-Buch der Rekorde aufgenommen als „most expensive internet address domain name". Im Oktober 2010 wurde die Domain nochmals verkauft, diesmal für 13 Millionen US-Dollar.

Die Erben

Nachdem ihr Mann Erwin einen Ast selbst abgesägt und dadurch 30 Euro gespart hatte, bei dieser Aktion aber leider zu Tode kam, übernahm Helga Huber das Grundstück. Sie führte es, so gut sie konnte; aber die Kosten für den Gärtner stiegen von Jahr zu Jahr. Das lag sicherlich an ihr selbst, obwohl sie sich bereits vor Jahren *gegen* einen Park und *für* einen Garten entschieden hatte. Aber wenn sie das Unkraut, die ausgefranste Hecke und den zu langen Rasen sah, war ihr alles zu viel. Helga Huber kam mit ihren 84 Jahren nicht mehr richtig runter, geschweige denn wieder hoch. Sie ließ vom Gärtner jedes Jahr immer mehr machen und freute sich dann kurz.

Bei jedem Sturm bangte sie um ihr Dach. Die Sorgen schienen immer größer zu werden. Sie suchte nach einer Lösung. Ihr eigenes Ende hatte sie schon geregelt, geplant, bestellt und bezahlt. Ihre Beerdigung und die anonyme Grabstätte waren für sie kein Thema mehr. *Anonym,* denn es gab keinen nach ihr. Keine Kinder, keine Enkel. Was soll es? Ohne Testament würde der Staat erben, falls zum Schluss noch etwas da wäre. Helga Huber hatte es satt, Sklave des Hauses zu sein. Für notwendige Reparaturen musste sie ständig Geld von der Rente abzwacken. Die Lebensqualität auf ihrem Grundstück wog die Mühsal nicht auf. Draußen sein und Sonne tanken konnte sie auch auf dem Balkon einer Wohnung. Also: Grundstück verkaufen und gegen eine

Mietwohnung tauschen. Helga Huber zerbrach sich den Kopf. Jeder, den sie fragte, wusste, wie es ging, und wieder andere wussten es besser. Da sich Helga Huber nichts zu Schulden kommen lassen wollte, bedachte sie je nach Aktualität den einen oder anderen in ihrem Testament. Damit es auch wirklich gültig war, ging sie jedes Mal zum Notar und ließ eine neue Fassung anfertigen und beurkunden. Und immer zahlte sie brav dafür.

„Na und?“, sagte sie sich, „andere gehen in die Kneipe“. Die vielen Varianten heftete sie im Ordner ab, die neueste oben auf.

Einmal ging Helga Huber zur Hausärztin und ließ sich durchchecken. Fortan war ihr Terminkalender gefüllt. Sie sollte bei anderen Ärzten dieses und jenes abklären lassen. Warum nur, das verstand sie nicht. Sie hatte keine Schmerzen trotz ihres Alters.

Aber das mit der Lebensuhr musste sich bis in den tiefen Süden der Republik herumgesprochen haben, denn eines Tages meldeten sich nach Jahren weitläufige Verwandte. Nicht aus der gesetzlichen Erbfolge. Da gab es ja keinen. Sie kamen aus der moralischen Ecke. Ein Neffe mit Großnichte und Urgroßnichte. Gekümmert hatte sich der Neffe über 30 Jahre nicht. Helga Huber hatte ihn schon lange ausgeblendet und im Testament bewusst nicht bedacht. Aber nun trat der Neffe aus einem dichten Nebel hervor, rief an und fragte sehr direkt: „Sag mal, Tante Helga, wie viel Miete kann man für dein Haus eigentlich nehmen? Weißt du, wie der Marktwert ist?"

„Moment mal", empörte sich Helga Huber, „noch lebe ich!"

„Oh, ja, natürlich. Das war sehr ungeschickt von mir. Aber weißt du was? Wir besuchen dich mal an diesem Wochenende.

Du bist doch da, oder hast du etwas vor?"

Nach fünf Stunden Autofahrt kamen sie am Samstagmittag bei Helga Huber an. Gegessen hatten sie angeblich unterwegs. Sie setzten sich und schwiegen. Helga machte Tee und reichte ein paar Kekse. Sie sahen sich an und sagten nichts. Der Urgroßnichte wurde es zu langweilig, sie ging durch alle Zimmer im Erdgeschoss. Dann waren ihre Schritte auf der Holztreppe nach oben zu hören. O Gott, überlegte Helga, habe ich eigentlich das Bett gemacht?

Um das unerträgliche Schweigen zu beenden, fragte sie den Neffen: „Und? Wie geht es dir so?" Es folgte ein Klagelied über die bösen Frauen, er sei zum dritten Mal geschieden und es koste ja alles: die Gerichtstermine, die Alimente. Nur der Unterhalt wäre nicht hoch, denn er verdiene ja so schlecht, aber er habe wenigstens Arbeit.

Die ihn begleitende Tochter aus zweiter Ehe (Großnichte von Helga) war viel praktischer. Sie sah die großen, geputzten Fenster, aber die Oberlichter waren stumpf. Sie fragte Tante Helga: „Soll ich mal?"

„Ja, würdest du denn? Mein Fensterputzer macht immer nur unten."

Schnell waren Eimer und Lappen geholt. Dann wurde die Leiter bestaunt. „Wow, das ist ja ein italienisches Modell. Toll, aber oben kein Bügel zum Festhalten ..., naja."

Entschuldigend sagte Helga: „Ich halte mich an der Wand fest und nutze ja nur zwei Stufen. Eigentlich war es ein Fehlkauf. Sah aber gut aus im Katalog."

Flink waren, von der obersten Stufe der Leiter aus, die Oberlichter geputzt und mit Zeitungspapier nachgewischt. Streifenfrei. Leider blieben die Fenster nur angelehnt, was Helga nicht gleich bemerkte.

Dann saßen sie wieder. Keiner fragte, wie

es Helga gehen würde. Weder gesundheitlich noch wie sie mit dem Alltag klarkäme. Ob sie Pläne habe und wenn ja welche? Sie saßen nur da und guckten.

Verwandtschaft, dachte sich Helga. Kann man sich nicht aussuchen. Aber eigentlich tun sie mir leid.

In die Stille hinein sagte Helga: „Wisst ihr was? – Ich hatte es im Leben *nicht* leicht und wie ich so höre, ihr auch nicht. Ich werde mein Testament ändern. Blut ist dicker als Wasser. Dann bekommt das Tierheim eben weniger“, sagte sie entschlossen.

„Ja, das würdest du für uns tun?“, fragte die Großnichte begeistert, stand auf, drückte Tante Helga spontan und dachte bei sich: Das Fensterputzen hat sich aber gelohnt.

Noch in ihrem Beisein wählte Helga die Nummer des Notars und sprach auf den Anrufbeantworter: „Ja, Herr Notar Raffke, hier spricht Helga Huber. Es geht wieder um mein Testament. Ich möchte es erneut ändern zu Gunsten meiner weitläufigen Verwandtschaft. Halten Sie schon mal einen Termin frei. Am Montag komme ich gegen 13.00 Uhr vorbei."

In diesem Augenblick kam die Urgroßnichte von ihrer Erkundungstour zurück, hielt die Hände versteckt auf dem Rücken, freute sich diebisch und strahlte übers ganze Gesicht.

„Du bist doch eine Liebe, unser ganzer Schatz", sagte ihre Mutter. Nun lächelten alle. Auch Helga: „Ja, süß sieht sie aus."

Mehr Gespräche gab es nicht. Nachdem sie wieder gefühlte fünf Minuten stumm gesessen hatten, machte sich der Besuch auf. „Du weißt ja", sagte der Neffe entschuldigend, „die lange Autofahrt. Die Kleine muss abends pünktlich ins Bett."

Helga steckte ihm 50 Euro in die Jackentasche. „Benzingeld", flüsterte sie.

Die Autotüren schlugen zu und der Motor wurde gestartet. Sie machten sich auf den Weg. Kaum war das Auto außer Sichtweite, drehte der Neffe die Musik laut und rief: „Wow, ein Besuch, einmal Fensterputzen und schon sind wir Hausbesitzer. Das ist ein guter Stundenlohn!“

Zeitgleich entdeckte Helga verärgert, dass die Fensterflügel der Oberlichter nicht richtig verschlossen waren. Die Leiter stand noch in der Nähe. Doch nein, sagte sich Helga, das muss warten.

Am Dienstag rief der Neffe den Notar an. Seine Telefonnummer fand er leicht im Internet. „Raffke“, meldete sich dieser.

„Hier spricht der Neffe von Helga Huber. Wir erreichen unsere Tante nicht telefonisch. Aber sie hatte doch gestern einen Termin bei ihnen. Wissen Sie vielleicht ...?“

„Frau Huber ist leider nicht erschienen.

Sie verstarb gestern im Krankenhaus. Sie hatte den Sturz von einer Leiter nicht überlebt. Mehr weiß ich leider auch nicht."

„Mist", rutschte es dem Neffen raus, „entschuldigen Sie bitte, ich meine: ja, vielen Dank für ihre Nachricht." Enttäuscht sagte der Neffe zu seiner Tochter: „Wir waren so nah dran. Und nun nichts."

Sie hatte gerade ihre Kleine auf dem Schoß und spielte mit ihr *Hoppe, Hoppe, Reiter*. Wie beiläufig fragte sie ihr Kind: „Ach, sag mal, *was* hast du eigentlich bei Tante Helga mitgehen lassen?"

Haufenweise Glück

Es fing alles so herrlich an. Meine Frau hatte sich zurechtgemacht. Ja, ein Foto wäre wieder einmal fällig. Die Sonne schaffte 25°C und das Auto trug uns über weites Land zu einem Kaffeekränzchen.

Kurz vor dem Ziel wurden auch noch lose Roststückchen von unserem Auto abgeschüttelt. Ein Service von *Grunow*. Der kleine Ort hatte dafür eine eigene Methode entwickelt: Die Dorfstraße blieb ursprünglich, war befestigt mit kindskopfgroßen Pflastersteinen. Solche Straßen mochten früher einmal die Ursache gewesen sein für die Erfindung von Autofedern. Erst Blattfedern, dann folgten hydraulische Stoßdämpfer … man kennt das ja alles. Doch bald wurden die Straßen weltweit immer glatter, Asphalt allerorts und so sagten sich zum Beispiel die japanischen Autobauer: weg mit der tollen Federung, Sparvariante her. Nun trifft in *Grunow* Moderne auf Antike, mit dem Vorteil: Tempo 30 halten alle freiwillig ein, und dies ist wiederum gut für die Kinder des Ortes. Man sagt, hier wurde noch nie eines überfahren.

Aber sind sie *so* geschützt und behütet auch gut auf das Leben in den Städten vorbereitet? Eine Statistik, wie viele Dorfkinder in Städten bisher überfahren wurden, hat noch niemand erstellt.

Der nächste Ortsname endete ebenfalls mit *„ow“*, man spricht aber nur *„o“*. Das alles machen die Einheimischen bloß, um die Radio-Ansager zu enttarnen. Wird im Verkehrsfunk ein Orts- oder Straßenname falsch ausgesprochen, wissen die Hörer gleich: Ah, wieder ein Dazugekommener. Gern betonen die Neuen die erste Silbe. Was bei *Bies*dorf noch richtig ist, stimmt bei *Wuhl*heide und *Ad*lershof nicht und bei *Lu*ckenwalde schon gar nicht. Aber jedem kann man es nicht rechtmachen und der Unterhaltungswert für die Hörer ist schließlich auch nicht zu verachten.

Am Ziel angekommen, lenkte ich das Auto auf den ungemähten Rasen nahe dem Eingang. Wir stiegen aus und atmeten tief durch. Es roch nach Land! Landluft? Aber nein, es war ein Haufen Glück. Zum Glück traten wir nicht in den frisch gesetzten Haufen. Die Hinterlassenschaft eines Hundes wurde durch uns, besser gesagt durch einen hinteren Reifen, auf das Doppelte verbreitert. Nun lag ein großer Flatschen im Gras und der Rest haftete am Hinterrad, gut eingearbeitet in das Reifenprofil. *O weh!* Diese vergrößerte Oberfläche der Hinterlassenschaft half bei der Wahrnehmung der Duftnote. Und die flüchtige Blickdiagnose ergab: zu fettig, zu wenig Bewegung, auch hier. Doch der Hund war längst über alle Grashalme entfleucht wie sein Herrchen auch.

Haufenweise Glück. Wie es aber wieder loswerden? Abwischen war in den Mengen *keine* gute Idee. So setzte ich den Wagen, auf Anraten meiner Frau, auf dem Rasen ein paar Mal hin und her, immer leicht versetzt, drehte noch eine Kurve auf dem Rasen und parkte fern des Tatortes völlig unschuldig ein. Im großen Bogen gingen wir vom Auto zum Kaffeekränzchen. Laufen. Man soll viel mehr laufen.

Durch Sand müsste ich fahren oder durch eine Waschanlage. Auch könnte ich die Winterräder endlich tauschen und beim Reifendienst einlagern. Quasi zum Entlüften. Oder gleich das ganze Auto verkaufen. Seine Jahre hatte es voll und der TÜV-Mensch meinte sowieso: Dies sei die letzte Plakette.

Selbst beim anschließenden Kaffee und Kuchen drehten sich meine Gedanken um den Geruchsschaden. Dabei gab sich der Kuchen alle Mühe, mich mit *seinem* Duft abzulenken. Auch der Kaffee schmeckte; zwar etwas anders, aber das konnte am Wasser liegen. – Meine Beteiligung an Gesprächen war an diesem Nachmittag unmöglich. Später, wieder zu Hause, müsste ich mich von meiner Frau auf den letzten Stand bringen lassen, denn auch ich wollte ja wissen, wo ich am Nachmittag eigentlich war und was da geschah.

Meine Gedanken kreisten also weiter um das Glück: Was wäre, wenn sich die noch losen, feuchten Teile des Geruchsstoffes bei der Rückreise durch die schnelle Raddrehung verteilten und am Radkasten haften bleiben würden? Dafür gab es noch genügend Material im tiefen Profil des Winterreifens.

Selbst wenn irgendwann das gröbste Glück entfernt sein würde, bliebe für Nasentiere immer noch genügend zu erschnuppern.

Wenn Sie also in nächster Zeit ein parkendes Auto in der Stadt sehen, an dessen rechtem Hinterrad gerade ein Hund sein Bein hebt oder eine Katze mit ihrer Duftnote alten Geruch überdecken will – so wissen Sie eins: Dies Auto ist meins!

Peter

So einfach soll das gehen?

Rosi Winter erinnerte sich an Franks Sturz von der steilen Küste, und sie hatte noch das Bild vor Augen, wie ihn das Meer mit hinausnahm. Er verschwand ohne ihr Zutun.

Sollte die Polizei jemals versuchen, seine letzte Fahrt zu rekonstruieren, so böte sich folgendes Bild: Selbst, wenn auf dem Weg zur Ostsee sein Smartphone eingeschaltet war, und man die Handydaten von seinem Provider einholen würde, wären diese unvollständig, da sie spätestens dann endeten, als er ins Funkloch einfuhr. Frank verschwand. Wie auch später sein alter Golf. Rosi Winter hatte den Wagen ins Nachbarland gefahren, auf einem Marktplatz abgestellt und den Schlüssel stecken lassen. Noch im Café am Platze sitzend, hatte sie selbst beobachtet, wie ein *Nachnutzer* mit dem Wagen davonfuhr. Das Auto würde wohl niemand wiederfinden. Weder die Versicherung, noch die Polizei.

In der Imbiss-Ecke ihrer Kaufhalle saß sie gern. Dort lag der *Nordkurier* aus, in dem sie blättern konnte, während sie ihre Tagessuppe löffelte. Rosi Winter äußerte sich zu keinem, fragte niemanden, ob etwas Aufregendes geschehen sei. Sie hörte nur zu.

Drei Monate vergingen. Frank war kein

Thema. Alles blieb ruhig. Sie spürte, dass sie weitermachen konnte. Der offenen Rechnungen wegen. Und wegen der Gerechtigkeit.

Bald würde ein Tief über die Küste hinweg ziehen und ihren Wanderweg rutschig machen. Gefährlich für Städter und für ihren zweiten Gast.

„Mensch, Rosi! Dass du mich noch einmal einlädst, hätte ich, ehrlich gesagt, nicht gedacht. Aber so ändert man sich“, sagte Peter zur Begrüßung.

„*Frau* sich. So ändert *frau* sich“, korrigierte ihn Rosi und lächelte dabei.

„Okay, okay. Das letzte Wort liegt bei dir. Wie gehabt“, meinte er.

„Nun sei doch nicht gleich wieder eingeschnappt. Ich will dich teilhaben lassen, dir zeigen, wie ich meinen Ruhestand verbringe. – Kommt da bei dir etwa Neid auf?“, provozierte sie ihn.

„Ja-ein“, sagte er, blickte sich um, sah durch das große Fenster aufs Meer und meinte: „Ist bestimmt alles toll, für drei Wochen. Aber immer hier wohnen?“ Er zuckte unschlüssig mit seinen Schultern.

„Komm“, sagte sie, „ich kenn dich, Peter. Im Innern findest du das hier *affengeil*. Kannst es aber nicht zugeben, weil *du* es nicht erreicht hast, sondern ich.“

Säuerlich antwortete er: „Dann muss sich ja die Ehe *nach* mir für dich gelohnt haben. Denn ganz billig war das hier bestimmt nicht.“

„Ach Peter, nun *freu* dich doch mal mit mir! Du bist ja wie früher … weißt du noch, wie sauer du warst, als sie im Betrieb deinen Kumpel befördert hatten und nicht dich. Man warst du stinkig. Und zu Hause hast du dich abreagiert. Ich weiß noch sehr genau, wie schnell dir die Hand ausrutschte. Bei jeder Kleinigkeit. Und wehe, wenn ich Widerspruch übte! Die blauen Flecke hab' ich von meiner Freundin fotografieren lassen. Wusstest du das eigentlich?"

„Du hast *was*?", rastete er aus, „du hast Beweise gesammelt? Gegen mich?" Seine Hand zuckte kurz, doch er beherrschte sich: „Damit kannst du gar nichts anfangen. Was bedeuten schon ein paar blaue Flecke? Die kannst du dir sonst wo geholt haben. Und warum hast du mich nicht angezeigt, damals?"

„Weil ich mich schämte! Für dich! Und für mich schämte ich mich! Sollten denn alle in der Straße und im Betrieb wissen, dass du *ein Schläger* bist? Nein, das wollte ich nicht. Ich sehnte mich so nach einer harmonischen Ehe, nach meinem kleinen Glück. Da passte kein *Schläger* hinein. Allen hab' ich etwas vorgemacht, um meine kleine, heile Welt wenigstens nach außen hin zu leben …", sie schluchzte.

Peter sagte: „Das ist doch alles eine Ewigkeit her, da ist Gras drüber gewachsen. Heute findest du keinen mehr, der sich dafür interessiert."

Rosi Winter nickte. Ja, das wusste sie. Das war ja die Ungerechtigkeit. Sie lächelte nur.

Als sie rausgingen, zeigte sich die Küste von ihrer schönen Seite. Nach dem Regen türmten sich Haufenwolken zweistöckig und ergänzten das Bild überm Horizont. „Hier kann man einen ganzen Jahreskalender knipsen", schwärmte Peter. Er holte sein Smartphone hervor und begann.

Erschrocken fragte sie: „Sag mal, hast du ´ne Funkverbindung?"

Er sah auf sein Display: „Nein, kein

Netz. Naja, hier draußen, kein Wunder … Aber ich will noch ein paar Fotos machen. Komm, lass uns laufen …"

Besser konnte es sich nicht fügen. Peter brachte zwar kein Lob über die Lippen, was ihr Häuschen betraf, aber für die Landschaft begeisterte er sich … und Rosi kannte den Weg …

Es war wie vor drei Monaten. Nur erkundete *Peter* diesmal die steile Küste. Mit seinem Kamerablick. Rosi Winter hatte Mühe, ihm zu folgen.

An der wirklich schönsten Stelle wartete er auf sie. Er wollte unbedingt ein Foto von sich machen, ein Selfie. Und Rosi sollte auch mit drauf sein. Er nahm sie in den Arm und mit der rechten Hand richtete er das Bild ein, knipste mehrmals, war aber nicht zufrieden. Er löste sich von Rosi und sagte: „Ich muss weiter an den Rand, man sieht auf dem Bild gar nicht, wie tief es runtergeht. Und das ist doch schade.“

Er ging mit dem Handy in der Hand weiter rückwärts. Bis da nichts mehr war und er ins Leere trat …, nur sein Schrei war kurz zu hören.

Rosi Winter sah vorsichtig über den Klippenrand und als sie merkte, dass sich Peter nicht mehr bewegte, holte sie tief Luft. Mit ihren Armen fuchtelte sie erst, als sie zwei Wanderer bemerkte. Aufgeregt winkte Rosi sie heran: „Haben Sie ein Handy dabei? Es ist ein Notfall.“

„Ja schon, nur nützt es nichts, wir sind in einem riesengroßen Funkloch“, sagte der junge Mann und blickte fragend zu seiner Frau, „wir könnten Hilfe holen. Unser Auto steht gleich in der Nähe.“

„Ja, wenn Sie das machen würden …? Dann warte ich hier. Ist das okay für Sie?“, fragte Rosi Winter.

Das Pärchen nickte und eilte davon.

Das Meer würde Peter nicht hinaustragen. Dafür war die See zu ruhig.

Sturz in den Tod beim Selfie machen.

So könnte es morgen im *Nordkurier* stehen. Oder übermorgen.

Das war Peter.

Lars folgt später.

15 und 6

Balu war ein stolzer Inder bis zu seinem ersten Treffen mit Antara. An jenem Tag änderte sich alles für ihn.

Früher, in der Schule, war er unauffällig gewesen. Auch in der Lehre gab es bessere Schüler, hauptsächlich Mädchen, aber er sagte sich: Nur nicht so anstrengen, lieber die Freizeit nutzen und rumstromern, sich die Hörner abstoßen, nicht so viel büffeln. Nachher im Beruf bekommen die Männer sowieso die Posten. So war es immer. Und so wird es bleiben.

Im Betrieb fing er erst mal ganz unten an,

am Fließband. Das entsprach zwar nicht seinen Vorstellungen, er hoffte auf eine baldige, höhere Anstellung. Aber sein Job war sicher. Erst einmal.

Balu wohnte noch bei seinen Eltern, die ihn bedrängten. Er solle mit seinen 24 Jahren endlich heiraten und Nachkommen zeugen. Eine Frau hätten sie ihm schon ausgesucht und die Geschenke wechselten bereits die Seiten. Warum nicht, dachte er sich. Zu Hause eine *eigene* Frau haben, das wäre doch was! Seine Arbeit am Fließband fand er unerträglich. Nach zwölf Stunden fühlte er sich nur noch schlapp und ausgebeutet. Als die Leistungen *aller* einfach nicht mehr zu steigern waren, zog der Konzern weiter ins nächste Land und ließ dort noch billiger produzieren.

Erst dachte Balu, das sei alles nur kommunistische Propaganda. Aber der Handyhersteller zog von Finnland über Deutschland, von Kanada über Rumänien und Indien weiter nach Südkorea und Vietnam. Nun war Balu klar, dass es keinen Sinn machte, für bessere Arbeitsbedingungen und einen höheren Lohn auf die Straße zu gehen. Die Massenentlassung traf auch ihn. Vielleicht hätte er ja noch im Betrieb bleiben können, wäre er besser gewesen als andere.

Aber zu Hause sollte er bald eine Abwechslung haben: seine *eigene* Antara. Von der Kennenlernphase hielt Balu nicht viel. Zugeteilt war zugeteilt. Bisher hatten beider Eltern alles vorbereitet. Nun konnte es losgehen. Wie sah Antara eigentlich aus, hatte sie Arbeit, welche Interessen hatte sie, und würde sie ihn toll finden? Balu wollte zu Hause *angehimmelt* werden. Dann wäre er stolz! Vielleicht sorgte er sich zu viel? Denn verkauft ist verkauft und gekauft ist gekauft. Die Eltern hatten ihre Erfahrungen und es würde schon alles werden, dachte sich Balu. Er traf sich mit Antara das erste Mal in einem Café. Als er sie sah, dachte er sofort an die gemeinsamen Kinder und dass sie die schönsten im Ort werden würden.

„Wow! Dass ich mal so eine schöne Frau haben werde, hätte ich nicht einmal im Traum gedacht", sagte Balu. Er überreichte die Blumen. Antara senkte den Kopf. Sie freute sich über sein Kompliment sehr.

„Wir sollen also Mann und Frau werden?", fragte sie.

„Ja. Unsere Eltern haben es so bestimmt." Balu rieb sich die Hände.

Antara fragte besorgt: „Man sagt, die Entlassungen haben auch dich getroffen?"

„Ja. – Und was machst *du* so?"

„Ich bin in der Verwaltung, im gleichen Betrieb wie du … *warst*."

„Na toll! Vielleicht lassen sie dich noch

eine Weile …? Und wenn nicht, werden wir schon was finden für dich … in der Textilindustrie, da läuft es noch ganz gut."

Entsetzt sah sie ihn an und dachte: Du willst mich nähen lassen, wo ich doch schon viel weiter bin? Sie fragte: „Was machen wir, … wenn wir beide arbeitslos werden?"

„Na, erst mal Kinder", grinste Balu. Er merkte, dass sein Spaß nicht gut ankam.

„Wie viel ist eigentlich 15 und 6?", fragte Antara unvermittelt.

„Warte mal. 15 und 6? Man, ist das lange her mit der Schule. Ich glaube: 17. Ja, aber was soll denn das Ganze?", fragte Balu ärgerlich.

„Noch mal: Wie viel ist 15 und 6?"

„15 und 6?", grübelte er. „Ich bin mir nicht ganz sicher. Ich bleib bei 17."

„Okay. 17", wiederholte Antara betroffen und dachte: Das kann doch nicht wahr sein, der kann ja nicht mal rechnen! Ich wurde getäuscht. Sie fragte ein letztes Mal: „Also im Ernst: Wie viel macht 15 und 6?"

Balu saß in der Klemme. Das merkte er und dachte sich: Was soll das Gequatsche? Sie ist mir zugesprochen und da müssen wir kein Ratespiel veranstalten. Trotzdem meinte er ernsthaft: „Na, wie ich sagte: 17."

Antara stand auf und ließ Balu einfach sitzen. *Er* war schockiert, dass er von Antara abgewiesen wurde. Welch doppelte Schmach! Was sollte er nur zu Hause erzählen? Er fühlte sich elend.

Später, am 13. März 2015, fand Balu seine Geschichte auch noch im Internet.

Die Taschenuhr

Als Daniel Neubert am Samstagabend von Oma Margot zurückkam, war seine Frau noch nicht zu Hause. Somit konnte er in Ruhe seine alte Taschenuhr suchen. Er hatte sie lange nicht genutzt, wusste auf Anhieb nicht einmal, *wo* er sie suchen sollte. Er fing bei den Uhren an. Hat 'ne Logik da zu schauen, dachte er sich. Früher sammelte er Armbanduhren, fand es schick, wenn er jeden Tag eine andere Uhr anlegen konnte. Aber seine KollegInnen hatten es nicht bemerkt. Es gab keinen Rücklauf. Aus mangelndem Interesse an seinem Handgelenk, fuhr er die Stückzahl der funktionstüchtigen Uhren zurück. Das passierte von ganz allein. Er musste nur warten und den Karton mit den Uhren beobachten. Irgendwann suppte eine Uhr, weil in ihrem Innern die Batterie auslief. Aber welche war es? Mit trockenen Händen versuchte er, den Übeltäter zu finden und die Batterie zu entfernen.

Bald funktionierten nur noch vier Uhren. Nun überlegte er: Okay, das sind ja alles Armbanduhren. Aber in der Woche läufst du ständig mit einer 5-Pocket-Jeans rum. Warum nicht mal 'ne Uhr für diese kleine, fünfte Hosentasche rechts vorne?

Er musste wohl seinen Gedanken irgendwann *laut* geäußert haben, denn bei nächster Gelegenheit lag eine goldene Taschenuhr auf dem Gabentisch. Sie war natürlich *nicht* aus Gold, aber sie glitzerte und funkelte, wie es die kleine Elster in Daniel mochte.

Das Zifferblatt solide und die Uhrzeit war gut zu erkennen. Der Sprungdeckel ein Extra und die Handhabung war einfach. So hatte Daniel die Taschenuhr in Erinnerung, schon etwas zerkratzt und stumpf, als er sie im Gespräch Oma Margot anbot. Sie wollte sich gerade eine Taschenuhr *kaufen,* nachdem sie einmal an der Bushaltestelle 18 Minuten warten musste, um endlich vom Supermarkt auf der grünen Wiese wieder nach Hause zu kommen. Bequem hätte sie die Zeit noch in einem Laden verquasseln, oder drei Minuten eher zur Haltestelle gehen können, aber ihr war die Uhr auf dem Smartphone abhandengekommen. Sie hatte zunächst die Anzeige der Uhr von Seite eins auf Seite vier geschossen. Mit einem Wisch. Wie das genau ging, hatte sich Oma Margot leider nicht gemerkt, denn dann hätte sie die Uhr ja wieder zurückschießen können. Sie probierte und kämpfte mit der

Technik, schoss die Anzeige der Uhr noch einmal weiter, aber diesmal ins Aus. Einwurf unmöglich. Weg war weg. Zu dumm nur, dass Daniel ihr nicht helfen konnte. Er war noch immer mit seinem einfachen Handy unterwegs: Telefonieren und SMS. Kein Internet, keine Apps. Und nun wollte Oma Margot vom teuren Smartphone zurück zur Taschenuhr. Alte Uhr siegt über neue Technik.

Aber soweit war es noch nicht. Wo war nur diese Taschenuhr? Bei den Armbanduhren war sie jedenfalls nicht. Die letzte Möglichkeit war das mittlere Schubfach im Schreibtisch. Dort fand er sie schließlich in der hintersten Ecke. Vorsichtig strich er über den Sprungdeckel, als gerade seine Frau nach Hause kam. Sie sah ihn mit der Uhr in der Hand, und er meinte zu ihr: „Schau nur! Die Taschenuhr ist so schön wie am ersten Tag.“

Seine Frau sagte: „Ich glaube, vor fünf Jahren hab' ich sie dir geschenkt. Willst du sie mal wieder nehmen?"

„Eigentlich wollte ich die Uhr Oma Margot schenken. Ihr Smartphone ärgert sie, die Uhrzeit ist weg. Es ist wohl alles zu kompliziert", sagte Daniel, „aber soll ich ihr meine Taschenuhr schenken? Das werd' ich vielleicht doch nicht machen. Denn erstens ist sie von dir und zweitens glitzert sie zu sehr. Sie soll der Oma schließlich kein Unglück bringen."

„Warum Unglück?", fragte seine Frau.

„Denk nur an *Der Mantel* von Gogol. So etwas darf Oma Margot nicht passieren! Stell dir vor, sie hält 'ne vermeintlich goldene Taschenuhr in der Hand und wird überfallen, gestoßen, getreten, verletzt und beraubt. Das alles muss ja nicht sein."

„Stimmt", sagte seine Frau, „dann musst *du* dich eben schlau machen und ihr Smartphone wieder einrichten oder Oma Margot findet jemand anderen. Sie kennt doch so viele!“

Daniel behielt die Taschenuhr. Er wollte schließlich nicht am Tode von Oma Margot schuld sein.

Nachbarschaftshilfe

„Weißt du eigentlich noch, Kevin“, fragte Uwe seinen Sohn beim Abendbrot, „wie lange warst du heute im Internet?“

„Ich weiß das nicht so genau ..., so drei, vier Stunden?“

„Und ..., kein schlechtes Gewissen?“

„Nein, wieso? Sollte ich?“

„Nun“, druckste Uwe herum und schob sich ein weiteres Würstchen in den Mund. „Wenn du damit Geld für uns, deine Familie machst, hab' ich nichts dagegen. Ich mag es aber nicht, wenn du nur spielst oder dir irgendwelche Filme anschaust und vielleicht noch dabei Geld ausgibst."

„Aber andere aus meiner Lehre machen auch nichts anderes."

„Das mag ja so sein. - Ich möchte, dass du einen Beitrag ..."

„Geht denn das schon wieder los?", unterbrach ihn Kevin.

„Nein, nein", sagte Uwe jetzt gereizt, „so nicht! Ich habe dir schon mehrmals zu verstehen gegeben, dass auch für dich irgendwann mal der Ernst des Lebens beginnt. Bald hast du eine eigene Wohnung und ein eigenes Einkommen, eine Freundin, eine Frau, eine Familie. Dann trägst du Verantwortung ..."

„Ja, ich weiß", sagte Kevin gelangweilt.

„Eigene Verantwortung! Ich will, dass du dich langsam darauf vorbereitest. Ich will, dass du dir wenigstens dein Taschengeld alleine verdienst! Das kann doch nicht so schwer sein, oder?"

„Aber ich kann doch nichts", sagte Kevin resigniert.

„Halt! Völlig falsch die Herangehensweise. So wird nie etwas aus dir. Wenn dich mal jemand fragt, ob du es dir zutraust, musst du immer mit *Ja!* antworten. Sonst wird gleich der Nächste genommen. So ist das heute!"

„Verstehe. Aber, es gibt doch keine Arbeit."

„Du musst natürlich die Augen offenhalten. Es gibt immer was zu tun!"

„Nun sag schon, was ich machen soll ..."

Uwe freute sich. Sein Sohn war endlich bereit. „Die Frau Lehmann möchte ihren Baum gefällt bekommen. Reine Nachbarschaftshilfe. Muss aber bald passieren, bevor die Vögel ihre Nester bauen."

„Also morgen, am Samstag?"

„Ja, liebend gern", meinte der Vater. „Ich selbst kann morgen aber nicht. Du traust dir das alleine zu? Groß genug bist du ja."

„Na klar, ich hab's doch schon oft gesehen: Säge ran, Keil gesetzt und schon fällt der Baum."

„Sie bezahlt dich auch ordentlich: immerhin 200 Euro."

Gleich nach dem Frühstück am Samstag musste Uwe los. Er klopfte seinem Sohn auf die Schulter und sagte ermunternd: „Ich bin stolz auf dich, Großer. Du schaffst das!"

„Aber ja, nun hör schon auf. Ist ja fast peinlich", stammelte Kevin.

Kurz darauf meldete er sich bei Frau Lehmann. Sie war erfreut und zeigte Kevin den Baum.

„Mensch", sagte sie, „du bist aber groß geworden!"

„Naja", meinte Kevin verlegen und sah zum Baum, „das ist er also. Und fallen soll er da lang?" Kevin zeigte in die Richtung.

Frau Lehmann nickte. „Bloß nicht zur anderen Seite, da führt die Stromleitung zum Haus!“

„Alles klar.“

Kevin ging noch mal um den Baum herum, bat Frau Lehmann um Strom, rollte seine Kabeltrommel aus, ließ die Säge laufen, überdachte die Fallrichtung, setzte an und sah, wie sich die Säge in den Baumstamm fraß.

Eigentlich wollte ich doch 'nen Keil einsägen, dachte Kevin, als er merkte, dass sich der Baum ganz langsam neigte. Es war allerdings nicht die gewünschte Fallrichtung. Er sägte weiter bis die Säge aus war. Nun ging gar nichts mehr. Der Baum hatte sich geneigt und dabei die Säge eingeklemmt. Oben hing er bereits in der Stromleitung. Er konnte nicht fallen.

Wie kommt denn das, überlegte Kevin. Der Baum muss sich gedreht haben!

Frau Lehmann schlug die Hände vor ihr Gesicht und rief: „O mein Gott. Das sieht aber gar nicht gut aus.“ Sie machte Kevin keine Vorwürfe, überlegte und rief kurz entschlossen die Feuerwehr an.

Als Uwe wieder heimkam, sah er wie die Feuerwehrleute den Baum vorsichtig abtrugen. Sie versuchten, die Stromleitung nicht zu beschädigen.

„Na“, sagte der Einsatzleiter zu Uwe, als er merkte, dass er zu Kevin gehörte, „das ist ja dumm gelaufen. Wir mussten den Stromversorger kommen lassen. Der hat die Abschaltung veranlasst. Wenn wir fertig sind, wird wieder eingeschaltet. Dauert halt alles seine Zeit.“

„Ja, ja.“

„Wer ist denn der Rechnungsempfänger?“, wollte der Feuerwehrmann wissen.

„Na, der Verursacher, mein Sohn.“

Uwe nahm Kevin in den Arm, drückte ihn und meinte: „Nicht so leicht, mit dem ersten Verdienen.“

Da Kevin zwar volljährig, aber noch Auszubildender war, wurde ihm der Rechnungsbetrag gestundet. Er zahlte von nun an vier Jahre lang 120 Euro monatlich ab.

Lila

Tim Grabowski wusste nicht, wann er sich das letzte Mal gefreut hatte. Eigentlich hätte er heute allen Grund dazu. Noch eine Stunde hatte der letzte Arbeitstag vor dem Urlaub. Der Tag verlief ruhig. Er musste keine Entscheidungen treffen. Sein Schreibtisch war aufgeräumt. Er hatte alle Vorgänge abgearbeitet. Aber seine Mitarbeiter hingen an ihm wie zu Hause sein Sohn Anton. Keiner wollte in seiner Abwesenheit einen Fehler machen. Die Arbeit war aufgeteilt. Kreditanfragen bis 100.000 € durfte sein Stellvertreter entscheiden, für höhere Beträge war sowieso die vorgesetzte Abteilung zuständig.

So, wie *er* seine Arbeit im Griff hatte, so regierte zu Hause seine Frau. Lisa führte das Familien-Kleinunternehmen vorbildlich und freute sich über anerkennende Worte ihres Mannes. Ja, das konnte er, sie loben, das hatte er auf Kursen gelernt. Inzwischen machte sie, wie er wollte. *Er* brachte schließlich das Geld nach Hause. Ach ja, Geld: Wo hatte er nur das Urlaubsgeld hingelegt? Er glaubte, es noch heute früh im Arbeitszimmer auf dem Schreibtisch gesehen zu haben. Fünf Fünfhunderter. 2500 Euro. Nein, ihm gefiel das auch nicht, aber anders war das Ferienhaus in Spanien nicht buchbar. Als Banker wusste er zu genau, dass da nicht alles dem Finanzamt gemeldet wurde. Zu seiner Beruhigung erklärten sie: Zu bezahlen seien der Eigentümer, der Verwalter, die Reinigung, die Nebenkosten und das alles würde mit Bargeld viel leichter gehen. Etwas schräg die Erklärung, aber besser als keine. Wenigstens nahmen sie auch große Scheine, nicht wie die Marktfrau im Spreewald, die ganz aufgeregt berichtete: Ein Tourist wollte ihr ein paar saure Gurken mit einem 500er bezahlen. Sie sah den Schein zum ersten Mal, drehte und wendete ihn. Aber war er echt? Sie lehnte den Schein ab, und siehe da, auf einmal hatte der Käufer etwas Kleingeld.

„Aber schön war der Schein“, sagte sie, „er war lila.“

Manchmal führte Tim Grabowski auch zu Hause neue Maßnahmen ein, über die Lisa schmunzelte. Aber inzwischen hatte sie sich an den Schredder gewöhnt. Ihr Mann wollte partout keine Absenderadressen mehr in den Papiermüll werfen.

Schon gar nicht im Zusammenhang mit irgendwelchen Kundennummern auf Katalogen. Datenschutz! Schließlich könnte jemand die Daten aus dem Müll fischen, auf seinen Namen bestellen und die Ware an eine Wunschadresse liefern lassen. Und er, Tim Grabowski, bekäme dann die Rechnung, nicht der andere.

Auch musste vor dem Urlaub der Gartenwasserhahn abgestellt werden. Tim Grabowski hatte davon gehört, dass ein Nachbar drei Wochen lang seinen Garten mit *gestohlenem* Wasser sprengte.

Ja, die Welt war schlecht und immer länger wurde die Liste, die vor einem Urlaub abzuarbeiten war.

Als Tim Grabowski nach Hause kam, fiel ihm die To-do-Liste ein.

„Frag nicht, Tim. Ich habe wirklich an alles gedacht."

„Ausweise?“

„Ja“, antwortete sie mit einem Flunsch.

„Außenwasserhahn?“

Lisa nickte. „Auch an die Blumen hab’ ich gedacht.“

„Hausmüll?“

„Bereits rausgebracht.“

„Und Anton?“

„Was soll mit ihm sein?“

„Wo steckt er?“

„Im Garten. – Er wird dir immer ähnlicher, macht dir alles nach.“

„Hast du es schon eingesteckt? Das Urlaubsgeld, Lisa?“

„Nei-ein. Du bist doch der Banker in unserer Familie. Dir nehme ich kein Geld weg.“

„Hm. Ich hab’ es auch nicht, dann muss ich noch mal nachdenken.“

Tim Grabowski überlegte angestrengt,

wo die fünf Scheine sein könnten. Beide suchten in allen Ecken, sie zogen Schübe auf und machten sie wieder zu. Auch ihre kleinen Verstecke waren leer.

Blieb nur noch … Tim Grabowski zog das Papierfach des Schredders auf und sie sahen sich das Schnittgut an. Es war, wie immer, zwei mal fünf Millimeter groß.

Tim sah Lisa an.

Lisa sah Tim an. Sie nickten sich zu, was so viel bedeutete wie: Fragen kann man ja mal.

Lisa rief in den Garten: „Anton, komm doch mal."

Blitzschnell war er zur Stelle. Ohne eine Frage abzuwarten, schoss es aus ihm heraus: „Ich war das nicht."

Tim Grabowski hielt in seinen Händen den feinen Partikelschnitt, er war lila.

Der Brief

Der Brief kam an einem Samstag. An einem ganz gewöhnlichen Vormittag Ende März, der nach frisch gewaschener Wäsche und nach erstem Grasschnitt roch. Horst saß allein am Tisch im Wohnzimmer, nur noch die Kaffeetasse vor sich. Dagmar hatte schon abgeräumt und war in den Garten gegangen.

Horst dachte nach. Dabei sah er geradeaus. Durchs offene Fenster. Bis zur Hecke. Die Thuja hatten sie vor 6 Jahren gepflanzt, damit keiner mehr reinsehen konnte. Gut. Das ging dann nicht mehr. Aber nun konnte auch *er* nicht mehr auf die Straße sehen. Na ja. Das war nicht so gut.

Horst ging zum Fenster, sah zur Thuja, sah die Bank mit ihrem blanken Holz und dachte sich: Ja, die muss ich auch noch streichen. Wünscht sich Dagmar.

Sieben Jahre war sie jetzt bei ihm. Seine Anzeige lautete: *Suche Frau für eine Saison.* Etwas Besseres fiel ihm damals nicht ein. Aber es hatte geklappt. Nur konnte Dagmar seitdem das Wort *Saison* nicht mehr leiden. Am liebsten würde sie es aus dem Duden streichen lassen. *Für immer* will Dagmar. Für immer die Wäsche waschen, und Horst soll für immer den Rasen kurzhalten. Macht er ja. Erst gestern wieder. Mehr will sie nicht.

„Was fuchtelst du denn da rum?“, fragte er sie. Dagmar wedelte mit der Post in der Hand und kam zu ihm ans offene Fenster: „Schau nur, ein Brief!“

Horst nahm den Umschlag, kniff seine Augen zusammen, las und sagte: „Der kommt von einer Versicherung. Der ist bestimmt für dich. Von mir wollen die nichts mehr."

„Na, wenn du meinst ... Vielleicht hast du ja recht. Aber mach ihn schon mal auf. Ich komm gleich rein."

„Das ist ja ein Ding", empörte sich Dagmar, nachdem sie den Brief zur Hälfte gelesen hatte. „Das kann doch wohl nicht wahr sein! Du sollst eine Wette eingehen. Eine Wette auf den Tod."

Leicht verwirrt, versuchte Dagmar sich einen Reim auf das Schreiben zu machen: „Hier steht: Wenn du ab sofort monatlich 33,45 € einzahlst, bist du ab 2038 lebenslang beitragsfrei versichert. Die Auszahlsumme beträgt dann 7.120,00 €."

Horst holte aus dem Arbeitszimmer seine Brille und den Taschenrechner. „Warte mal … In 23 Jahren habe ich aber 9.232,20 € eingezahlt. Das ist ein sehr schlechtes Geschäft."

Dagmar las weiter: „Wenn der Versicherungsfall aber früher eintritt, fällt die zugesagte Überschussbeteiligung weg. Es werden dann nur 6.000,00 € als garantierte Versicherungssumme gezahlt."

Horst tippte wieder Zahlen ein: „Dann wäre es für dich günstig, wenn ich vor Ablauf von 15 Jahren sterben würde."

Dagmar las weiter: „Die Wartezeit beträgt drei Jahre."

Horst grübelte: „Also zwischen drei und fünfzehn Jahren wäre es für dich ein Geschäft. Werde ich überhaupt achtundsiebzig? Was meinst du?"

„Hier steht noch: Wir zahlen sofort bei Unfalltod", sagte Dagmar.

„Na toll, das wär's doch", meinte er, „gib

her den Wisch. Ich unterschreibe und dann ab damit."

„Hey, du bist heute aber kurz entschlossen."

„Bei 33,45 € müssen wir uns nicht lange aufhalten. – Was steht in dieser Woche noch an? Den Rasen hab' ich bereits gemäht."

„Nun ja, … ist ja nicht eilig", druckste Dagmar herum. „Vielleicht am nächsten Wochenende? Den alten Apfelbaum ausästen? Die langen Wasserruten vom Vorjahr müssen noch weg. Wäre schön, wenn du das mit der großen Leiter machen könntest …?"

Lars

„Er wollte ein Selfie machen“, sagte Rosi Winter zur Polizistin. „Erst hatte er uns beide fotografiert. Dann wollte er näher an die Kante. Zum Glück ohne mich. Er sah ständig auf sein Smartphone und ging dabei rückwärts. Bis er ins Leere trat.“ Sie zog ratlos die Schultern hoch.

„Geben Sie sich keine Schuld, hier sind schon einige abgestürzt“, sagte die Polizistin, „vielleicht sollte die Gemeinde *doch* ein Geländer aufstellen? Es sind ja oft Urlauber, die zu Schaden kommen.“

Vorsichtig näherten sich beide Frauen

in gebückter Haltung dem Klippenrand. Unten sahen sie den Notarzt hantieren. Dann traten sie langsam wieder zurück.

„In welcher Beziehung stehen Sie zum Verunfallten?"

„Wir waren verheiratet."

Die Polizistin nickte: „Die Steilküste hat einen Spitznamen: *Der Witwenmacher*."

„Nein, nein", stellte Rosi Winter richtig, „wir waren *mal* verheiratet, ist ein paar Jahre her. Er besuchte mich. Ich wohne jetzt hier ganz in der Nähe."

„Ah! *Sie* wohnen jetzt da?", fragte die Polizistin. Sie machte eine Kopfbewegung zu dem Häuschen an der Steilküste: „Ich war mal drin. Es stand lange leer. Ist aber richtig toll."

„Find ich auch."

„Und, schon eingelebt?"

Rosi Winter schüttelte den Kopf: „Das dauert wohl noch eine ganze Weile. Die wenigen Leute hier sind sehr verschlossen. Von Zeit zu Zeit lade ich mir Freunde ein. Aus meiner alten Welt. Um *Abschied* zu nehmen.“

„Sie stammen aus Berlin?“, fragte die Polizistin.

„Ja. Hört man das?“

„Hm, ja. Ich war mal da. Mit meinem Mann zu Madame Tussauds, abends zur Show im Friedrichstadtpalast, am nächsten Vormittag Stadtrundfahrt und wieder zurück. Noch heute schwärmen wir davon.“

„Ja. Da bin ich weg.“

„Hier ist es ganz anders“, meinte die Polizistin sachlich, „aber auch schön.“

Rosi Winter fragte: „Und wie geht es nun weiter?“

„Bei einem unnatürlichen Tod wird eine Autopsie gemacht. Das Ergebnis müssen wir abwarten“, sagte die Polizistin.

„Ja, das kenn ich aus Filmen. – Kann ich irgendwie helfen …?“

„Ach ja, kommen Sie doch morgen mal aufs Revier.“

„Hm, ja. Warum?“

„Sie müssen sich noch polizeilich anmelden.“

Die Untersuchung von Peters Leiche ergab keinen Hinweis auf äußere Gewalteinwirkung. Weder Kampfspuren noch fremde DNA unter seinen Fingernägeln wurden gefunden. Alkohol und Drogen konnten ausgeschlossen werden. Die Faserspuren auf seiner Kleidung stammten von Rosi Winter; erklärten sich aber durch die Fotos.

Es vergingen Monate. Ein Geländer und Warnschilder wurden endlich aufgestellt, und die Leute hatten sich nach dem letzten Unfall längst wieder beruhigt.

Rosi zog Bilanz: Sie hatte zweimal Gerechtigkeit walten lassen und war selbst zweimal davongekommen.

Blieb noch Lars. Er hatte sie nicht missbraucht oder geschlagen. Aber fasst in den Ruin gestürzt. Er hatte immer einen Tipp für andere. Er jonglierte mit Geld, dass ihm nicht gehörte, ging in Wettbüros und er pokerte. Auch an der Börse verlor er Geld. Das Glück war nicht an seiner Seite und irgendwann war es Rosi auch nicht mehr. Sie fand den Absprung, bevor es eskalierte.

„Mensch Rosi, was ist denn das für eine tolle Hütte?“, entfuhr es Lars. Er schritt alles ab, taxierte wie ein Makler das Grundstück, das Haus und die Einrichtung. Er fragte schließlich: „Wie viel soll ich für dich rausholen? Sag schon eine Summe!“

„He, hier steht nix zum Verkauf. – Oder musst du von der Provision wieder Löcher stopfen?“

„Das Geld kommt und geht“, meinte er vielsagend.

Sie nahm seine Hände und prüfte die Finger: „Sind ja noch alle dran! Die Geldeintreiber haben dich also bisher verschont?“

Lars zog seine Hände zurück: „Dieser Ruf haftet mir wohl ewig an? Ich bin ganz solide geworden.“

„Das sollte man auch bei einer Privatinsolvenz.“

„Sag ich doch: Du bist nachtragend. Dabei kannst du froh sein …“

„… mit dir gelebt zu haben? Ja, langweilig war es nie.“

„Froh sein, dass ich dich *nicht* mit hineingezogen habe. Andere meiner Spezies haben für ihre Geschäfte die Frauen bürgen lassen … und waren dann weg."

„Wie weg?", wollte Rosi Winter genauer wissen.

„Abgetaucht, verschwunden, ins Ausland gegangen, natürlich ohne eine Adresse zu hinterlassen", erklärte er.

„Das ist aber fies", meinte sie.

Lars fragte: „Woll'n wir draußen eine rauchen?"

„Ja, klar", sie war schon an der Garderobe, als sie Lars stammeln hörte: „Es ist nur … meine sind grad alle. Hast *du* vielleicht welche?"

„Kein Problem. Ich hab' sowieso aufgehört mit dem Rauchen. Eine halbe Stange hab' ich noch. Kannst du gerne haben."

Lars strahlte wie bei einer Bescherung.

Noch mit der Zigarette in der Hand, kam er sehr direkt auf seine Finanzen zu sprechen. Das Geld für die Anreise habe er sich geliehen, in der Hoffnung hier etwas verdienen zu können. Aber wenn das alles nur ein *Schau-Termin* sei, dann habe er da etwas völlig falsch verstanden.

Es folgte sein Versuch, sie anzupumpen, verbunden mit dem Versprechen, es kurzfristig zurückzuzahlen. Mit Zinsen versteht sich.

Die Stimmung war gereizt. Sie kannte seine haltlosen Spinnereien, gab ihm eine klare Absage und überlegte, wie sie ihn schnell wieder loswerden könnte? Ach, ja. Da war noch der Weg an der Steilküste …

Lars ging auf ihren Wandervorschlag ein, zumal dadurch *Zeit* vergehen würde und er dann mit öffentlichen Verkehrsmitteln nicht mehr wegkäme. Mit seiner Überredungskunst hoffte er, noch ein Abendbrot, eine Übernachtung und ein Frühstück rausschlagen zu können. Danach würde er sich wieder trollen.

Schließlich kamen sie an *die* Stelle des

Weges, die den schönsten Blick bot. Sie stützten sich auf das neue Geländer, sahen in der Tiefe wie das Meer an die Küste schlug. Sie lauschten den Naturgewalten und vernahmen einen anschwellenden, immer lauter werdenden Ton. Rosi Winter drückte Lars blitzschnell in die Hocke, als auch schon eine Drohne über ihre Köpfe hinwegflog und genauso schnell wieder verschwand.

„Das war knapp“, meinte Lars, „ich glaube, du hast mir gerade das Leben gerettet.“

Sie hielten sich am Geländer fest. Rosi klopfte darauf und sagte: „Danke, Geländer. Hast uns einen guten Dienst erwiesen!“

„Kommt das hier öfter vor?“, fragte Lars irritiert. Rosi fand auch keine Erklärung. Und zu sehen war niemand. Nach diesem Schrecken war sogar die angespannte Stimmung weg. Als sich Lars erholt hatte, begann er jedoch wieder über Geld zu reden, das ihm fehlte. Er schaffte es, Rosis Mitleid zu wecken, was aber nicht bedeutete, dass sie ihm Geld lieh. Nein, da blieb sie hart. Aber sie ließ sich breitschlagen zur kostengünstigsten Variante der Heimreise am nächsten Morgen mit dem Überlandbus.

Nach dem Frühstück fuhren sie mit ihrem Auto in die nächste Stadt. Rosi bezahlte Lars das Ticket für den *Blitz-Bus* nach Berlin und wartete, bis er eingestiegen und tatsächlich losgefahren war.

Ihr zögerliches Winken sagte so viel aus: Wir werden uns nicht wiedersehen, wir sind zu verschieden und eigentlich war diese Einladung hierher an die Küste ein Fehler gewesen.

Abends hörte Rosi Winter im Radio die

Meldung, dass ein *Blitz-Bus* auf dem Weg nach Berlin auf das Stauende aufgefahren war und durch die Wucht des Aufpralles gegen einen Brückenpfeiler geschleudert wurde. Der Fahrer sei vermutlich übermüdet gewesen. Es gab Tote und Schwerverletzte …

Die Nachricht war allgemein gehalten. Offen blieb, wann der Unfall passierte und woher der Bus kam? Aber eigentlich wollte Rosi Winter das so genau gar nicht wissen.

Das war Lars.

Aus war's.

Die Ampel

Blitz. Doppelblitz! Gar nicht gut, dachte sich Daniel Neubert. Er drehte sich nach einem Zeugen um. Keiner da. Daniel war weit und breit allein. Was war geschehen? Er *stand* mit seinem alten Golf um 0.45 Uhr bei Rot an der Ampel. Blitz. Doppelblitz. Dann Rot-Gelb und Grün. Mit einem mulmigen Gefühl fuhr er nach Hause. Nun besonders vorsichtig.

Als er später nicht schlafen konnte, überlegte er, was er machen könnte. Seinen Führerschein brauchte er, um zur Arbeit zu kommen.

Gleich am nächsten Tag rief er an: „Ich heiße Daniel Neubert und bin auf der Suche nach dem Erziehungsberechtigten der Blitzerampel am Ende der Stadtautobahn."

„Einen Augenblick, bitte. – An welchem Ende?", fragte der Polizist ohne Namen.

„Schlossstraße."

Nach einer Weile: „Sie müssen eigentlich *nicht* bei der Polizei anrufen. – Wenn Sie geblitzt wurden, haben Sie etwas falsch gemacht. Sie müssen da nicht diskutieren."

„Ich will ja gar nicht diskutieren. Ich hab' da nur mal 'ne Frage."

„Revier 57 ist zuständig. Ich geb' Ihnen mal die Telefonnummer …"

„Revier 57."

„Ich heiße Daniel Neubert und bin auf der Suche nach dem Erziehungsberechtigten der Blitzerampel am Ende der Stadtautobahn. Schlossstraße."

„Das ist der Technikbereich, Moment, ich verbinde."

„Ja, guten Tag! Ich weiß nicht, ob ihr Kollege schon erzählt hat?"

„Nö."

„Also, ich heiße Daniel Neubert und bin auf der Suche nach dem Erziehungsberechtigten der Blitzerampel am Ende der Stadtautobahn. Die an der Schlossstraße meine ich."

„Was gibt es denn da? War sie unartig?"

„Ja."

„Und was hat sie gemacht?"

„Sie hat mich geblitzt. Gleich zweimal hintereinander."

„Gut so! Das ist eigens ihre Aufgabe."

„Aber doch nicht mich! Ich meine, wenn ich *stehe*. Dann muss sie mich doch nicht blitzen. Ich bin mir keiner Schuld bewusst."

„Wir reden von diesem Doppelblitzer. So

im Abstand von circa 20 Metern aufgestellt?“

„Ja.“

„Und da wurden Sie gestern beim Runterfahren von der Stadtautobahn geblitzt?“

„Nein, kurz vor dem Rauffahren. Das war so um 0.45 Uhr.“

„Aha. Hab’ ich notiert.“

„Wenn Sie sich die Fotos ansehen, die kurz hintereinander geschossen wurden, dann werden Sie ja merken, dass ich stand. Der Abstand muss null sein.“

„Das werde ich mal prüfen. Bleiben Sie ganz ruhig. Und eigentlich müssen Sie *nicht* gleich anrufen. Wenn eine Beschuldigung vorliegt, bekommen Sie doch Post von uns.“

„Ja aber …, ich dachte mir, es ist doch gut, wenn Sie schon Bescheid wissen, dass mit der Ampelanlage etwas nicht stimmt. Und überhaupt: Wehret den Anfängen!“

In den nächsten Wochen geschah nichts. Daniel bekam *keine* Post vom Polizeipräsidenten und wurde auch nicht …

Blitz! Das kann doch nicht sein, dachte sich Daniel Neubert. Die erste Ampel war 100%ig Grün. Selbst wenn es knapp war, folgt nach Grün erst einmal Gelb. Doch da war kein Gelb. Und Rot schon gar nicht. Aber die zweite Ampel blitzte einfach los.

„Revier 57."

„Ich heiße Daniel Neubert und möchte gern den Erziehungsberechtigten sprechen. Es geht um die Blitzerampel am Ende der Stadtautobahn. Schlossstraße."

„Das ist der Technikbereich. Ich verbinde."

„Guten Tag. Ich heiße Daniel Neubert."

„Ich erinnere mich an Sie. Sie sollten doch einfach auf Post warten", sagte der Polizist.

„Es kam ja keine."

„Dann ist doch alles gut. Warum rufen Sie an?"

„Na, weil ... es ist doch schon wieder neu. Gestern. Ich mach' es kurz: Erste Ampel war Grün. Nach 20 Metern blitzt mich die zweite Ampel. Geht gar nicht. So schnell schaltet die Ampel nicht auf Rot. – Können Sie da nicht mal schauen, woran es liegen kann, bitte?"

„Ja", sagte der Polizist interessiert gelangweilt, „ich habe mir Tag und Uhrzeit notiert. Aber das kann alles nicht sein. Die Ampel blitzt nur, wenn bestimmte Kontakte ausgelöst werden. Also wenn Sie ..., ach schon gut. Warten Sie einfach auf Post."

„Ja, danke. Aber Sie wissen ja, wie es mit den Anfängen ist!", meinte Daniel leicht verzweifelt.

Würde nicht gleich der Führerscheinentzug nach mehrmaligem Überfahren von roten Ampeln drohen, fände Daniel die Sache beinahe lustig. Auch zog er es in Erwägung, einen anderen Weg zu fahren. Aber es war nun mal der schnellste und kürzeste, um nachts nach Hause zu kommen.

„Revier 57."

„Ich heiße Daniel Neubert und möchte den Erziehungsberechtigten der Blitzerampel am Ende der Stadtautobahn sprechen. Schlossstraße."

„Hm, Technikbereich. Ich verbinde."

„Guten Tag. Daniel Neubert."

„Sie schon wieder. Warten Sie doch einfach auf Post", sagte der Polizist.

„Ist ja noch schlimmer geworden: Kurz vor beiden grünen Ampeln, ich fahre mit erlaubten 50 km pro Stunde, Doppelblitz. Beide Ampeln auf Grün und ich werde geblitzt", sagte Daniel. „Ich kann auf meinen Führerschein nicht verzichten, werde aber andauernd geblitzt. – Verstehen Sie doch mal, dass ich mich sorge!“

„Ja.“

„Können Sie mir, nur zu meiner Beruhigung, bitte bestätigen: Wenn ich geblitzt werde, dann ist doch im Foto die rote, oder bei mir die grüne Ampel zu sehen? Als Beweis sozusagen?“

„Nein. Kontakte lösen den Blitz aus“, sagte der Polizist.

„Aber dann ist das doch gar kein Beweis“, erwiderte Daniel verzweifelt.

Nun kam ihm eine Idee: Am Abend parkte er etwas eher auf dem Bürgersteig und wartete, bis es 0.45 Uhr wurde. Er saß im Wagen und sah geradeaus zur Ampel. Nichts geschah. Er hatte nichts bemerkt. Vielleicht war er mal kurz eingenickt?

Am darauffolgenden Tag setzte er seine Beobachtungen fort. Und siehe da! Die

Ampel blitzte wieder so vor sich hin.

„Revier 57."

„Ich heiße Daniel Neubert. Es geht um die Blitzerampel an der Schlossstraße."

„Ich verbinde."

„Sie schon wieder! Übrigens hatten Sie Recht", sagte der Polizist. „Der Computer führt um 0.45 Uhr von selbst eine Initialisierung durch. Die Doppelampel blitzt, ohne jeden Grund, und ist dann für den nächsten Tag bereit."

„Och …, da bin ich aber erleichtert! Man zweifelt ja schon an sich selbst", sagte Daniel Neubert.

„Den Zeitpunkt der Eigenblitze habe ich jetzt auf 0.00 Uhr vorverlegt", sagte der Polizist, „und dann hätte ich doch noch eine Bitte: Geben Sie diese Informationen nicht weiter. Ich meine im Internet oder auf den sozialen Foren."

„Versprochen, mach ich nicht“, sagte Daniel. „Aber vielleicht wird's eine Geschichte in meinem nächsten Buch. – Doch keine Angst! Bücher liest heute sowieso keiner mehr.“

Der Kameramann

Abteilungsleiter Kamera:	Lothar Leise
Kameramann:	Klaus Klein
Redakteurin:	Silke Sommer

„Nun komm Klaus, setz dich erst mal", sagte Lothar Leise. „Willst du 'nen Kaffee?"

Klaus Klein schüttelte vehement den Kopf: „Danke, lass mal. Du hast mich bestimmt nicht zum Kaffeetrinken herbestellt."

„Mit was drin, 'nen Klaren sieht keiner. Nicht mal die Leber", scherzte sein Chef.

„Das hast du nicht vergessen“, sagte Klaus Klein anerkennend. „Na los, wie in alten Zeiten“, stimmte er nun doch zu.

Der Kaffee kam aus der Kanne, der Klare aus dem Flachmann. Beide nahmen einen großen Schluck aus der Tasse. Beim Abstellen zitterte Klaus Kleins Hand. Lothar Leise bemerkte es, ohne darauf einzugehen. Dann begann er: „Ich will nicht lange drum herumreden und gleich zur Sache kommen: Was du dir gestern geleistet hast, fällt auf unseren Sender und die ganze Abteilung zurück, natürlich auch auf dich selbst. *Ich* werde gefragt, wie ich dich bei den Abendnachrichten überhaupt einsetzen konnte? Die Nachrichten sind unser Flaggschiff. Da wird nicht experimentiert. Klare, ruhige Bilder werden erwartet. Die Nachricht selbst ist wichtig. Der Interviewpartner. Aber du fährst völlig unmotiviert ran, dann wieder schnell zurück. Man merkte, wie du den Fehler korrigieren wolltest. Auch die Schärfe fehlte und deine unruhige Hand brachte nur noch Wackelbilder auf den Sender. Ich habe Mühe, all die Wogen zu glätten … Du warst doch mal ein ganz toller Kameramann. Mensch Klaus, alle wollten dich. Aber in letzter Zeit hast du mächtig abgebaut. Du lieferst keine guten Bilder mehr. Ich hab' das ja bemerkt und wollte dich bei den Nachrichten verstecken. Die Kamera ist fest auf dem Stativ und das Objektiv scharf stellen … ist doch nicht so schwer."

Klaus Klein spürte selbst, dass es so nicht mehr weitergehen konnte: „Ja, das war gestern Mist von mir. Aber was soll ich denn tun? Wie kann ich es wiedergutmachen?"

Lothar Leise stellte einen noch größeren Zusammenhang her: „Alle hacken doch sowieso schon auf uns rum. Seit eh und je haben die Leute gefragt, was das soll mit einem Kameramann? Und was kann man da jahrelang an der Filmhochschule studieren? Der Job wird doch regelrecht verramscht. Spätestens seit dem Smartphone-Zeitalter glaubt jeder, er könne filmen. Und alle stellen ihre Videos ins Internet. Selbst Nachrichtensender greifen auf Zuschauerfilme zurück. Gut. Nur in Ausnahmefällen. Aber wenn jeder *Kamera kann,* fragen sich doch alle im Sender, warum es noch einen Abteilungsleiter Kamera gibt? Den Dienstplan kann auch ein Disponent machen. Sieh dir nur mein Büro an: Ein Schreibtisch, ein Computer immerhin, ein Fenster, zwei Besucherstühle, ein Bild an der Wand. Das Zimmer ist so breit wie eine Betonplatte. Ein besseres Schließfach. *So* sieht die Wertschätzung unserer Abteilung aus. Früher, ja früher … war mein Büro riesig."

„Au, Mist", sagte Klaus Klein. „Soweit hab' ich nun wirklich nicht gedacht. Aber bevor sie mich und dann dich hier raushauen, sollte man sie mal an unsere Erfolge erinnern: Wir haben doch den Öffentlichrechtlichen das Fürchten gelehrt. Denk' nur an unseren *Abendtalk* am Sonntag. An diesen Sendeplatz wollte keiner ran. Aber die Zuschauer haben interessiert geschaut. Und dann zogen die anderen Sender nach."

„Ja", lenkte Lothar Leise ein, „aber diesen Erfolg bringt keiner hier im Haus mit uns zusammen. Wir waren dabei; aber nicht die Erfinder. Du warst anschließend auch beim ersten Frühstücksfernsehen. Du warst aber nicht die Denkmaschine!"

„Du meinst, das zählt alles nicht?", fragte Klaus Klein und sah enttäuscht auf den Fußboden, „aber die Öffentlich-rechtlichen haben wieder nachgezogen. – Wir sind gar nicht so schlecht."

„Das mag schon sein", erwiderte Lothar Leise. „Aber das ist lange her. Neues muss her, Fernsehen ist schnelllebig …“ Er sah auf die Uhr und meinte: „Ich habe gleich ’ne Besprechung mit ’ner Redakteurin von der Unterhaltung. Die haben da eine neue Idee. Und sie besprechen das immerhin noch mit mir … Noch mal zu dir: Was ist nur los?“

„Ehrlich?“, fragte Klaus Klein.

„Ganz ehrlich.“

„Also, die ruhige Hand hab’ ich nicht mehr. Deshalb bin ich an den Interviewpartner versehentlich schnell rangefahren. Und als ich es merkte, wieder schnell zurück. Dann komm’ ich mit der neuen Technik nicht mehr so klar. Die Schärfe liegt in einem ganz kleinen Bereich. Es nervt.“

„Mensch Klaus, das ist ja richtiger Mist. Streng genommen bedeutet das Berufsunfähigkeit“, meinte Lothar Leise und fuhr fort: „Ich überlege, wo ich dich jetzt im Sender einsetzen kann.“

„Vielleicht nicht mehr als Kameramann?

Lass mich ganz in Ruhe Regie machen. Die Kommandos sind für mich kein Problem."

Es klopfte und ohne zu warten, wurde die Klinke gedrückt.

Lothar Leise stand auf und begrüßte Silke Sommer herzlich. Sie war bestimmt dreißig Jahre jünger und voller Schwung. Sie übernahm, ohne zu zögern, das Gespräch. Es ging schließlich um *ihre* neue Sendung. Wieder eine Talkshow am Freitagabend. Aber diesmal sollte der Talk erst um 23.30 Uhr beginnen und vom Freitag bis weit in den Samstag hineinreichen. Der Arbeitstitel lautete: *Framstalk*.

„Ja, Herr Leise", begann sie und nickte fragend zu dem anderen Herrn, „Sie sind?"

„Klaus Klein, Kameramann."

„Das trifft sich gut. Zu meinem Projekt: Ich weiß, es gibt unendlich viele Talkshows. Aber wir wollen revolutionär anders sein. Die Gespräche können sich nicht viel unterscheiden, das weiß ich. Deshalb will ich sie optisch auflockern mit ganz verrückten Kamerabildern. Die Moderatorin wird in der Brille eine kleine Kamera haben. So wie bei James Bond damals. Eine kleine Spionagekamera“, sie lachte, „haben Sie so eine? Noch besser: Besorgen Sie mir so eine! Aber vielleicht baut *man* die sich selbst? Ich meine: Sie!“

„Ähm, ja. Da muss ich mich erkundigen“, meinte Lothar Leise.

„Gut. Ich gehe davon aus, dass wir sie rechtzeitig haben werden. Mit dieser Kamera in der Brille habe ich bei jedem Kopfdrehen der Moderatorin Bewegung im Bild. Und die anderen Kameras sollen auch verrückte Bilder liefern. Kurz: Ich brauche für die neue Sendung die besten Kameraleute, die sie haben. Wir wollen unkonventionell sein, keine alten eingefahrenen Gleise. – Kennen Sie eigentlich den Kameramann von gestern Abend, der dieses tolle Interview gemacht hat?“

Lothar Leise zeigte auf Klaus Klein: „Wir werten gerad’ den gestrigen Abend aus.“

„*Sie* waren das? Toll!“, sagte Silke Sommer begeistert: „Glauben Sie mir, Sie sind unser Mann! Vergessen Sie alles, was Sie auf der Filmhochschule gelernt haben. Wir wollen *Ihre* Bilder. Machen Sie mit?“

„Ja, gern. Wenn ich gebraucht werde, bin ich dabei“, freute sich Klaus Klein.

Silke Sommer ergänzte: „Sie sind richtig Klasse. Lassen Sie sich nicht reinreden. Bleiben Sie, wie Sie sind. Wir bauen auf Sie. Immer schön wackeln. Und nicht so scharf die Bilder!“

Die Nachrichten

„Das waren die Nachrichten aus unserer Landeshauptstadt. Und jetzt schalten wir zu meiner Kollegin Sonja Schneidewind nach *Groß Reuschen*. Seit dem späten Vormittag brennt es dort …“

Der Nachrichtensprecher sieht auf sein Blatt und korrigiert sich: „Verzeihung, unsere Reporterin meldet sich aus *Klein* Reuschen.“

Im Bild ist jetzt die Reporterin zu sehen.

„Ich stehe für Sie, liebe Zuschauer, sehr nah am Ort des Geschehens. In meinem Rücken spüre ich die Hitze des Feuers. Neben mir steht der Einsatzleiter der Feuerwehr: Sagen Sie bitte, wie lange brauchten Sie bis zum Einsatzort?", fragte die Reporterin.

„Das ist gar nicht so einfach hier draußen auf dem Land. Wir haben keine Berufsfeuerwehr. Der Notruf ging bei uns 11.40 Uhr ein. Sehr zügig wurde der stille Alarm ausgelöst über die sozialen Medien, auch per SMS und die restlichen freiwilligen Kräfte haben wir angerufen. Manche konnten wir auf der Arbeit erreichen; andere zu Hause oder unterwegs. Die drehten einfach um und kamen gleich zum Feuerwehrhaus. Das Löschfahrzeug steht in *Groß* Reuschen und ist auf direktem Weg zur Brandstätte gefahren. Die meisten von uns kamen nach ca. 30 Minuten an. Eine gute Zeit für eine freiwillige Feuerwehr. Wir haben uns einen Überblick verschafft und dann mit dem Löschen begonnen."

„Es brennt ja noch immer lichterloh hinter uns“, stellte die Reporterin fest.

„Ja, das Löschfahrzeug hat ordentlich zu tun. Aber zum Glück gibt es hier einen Hydranten. – Das große, brennende Gebäude steckt voller Holz. Das war früher mal ein Sägewerk; ist in den 90ern abgewickelt worden. Als wir ankamen, stand auch das Nachbarhaus in Flammen. Da war nichts mehr zu retten. Die Büros sind komplett weg. Beide Gebäude konnten wir nur noch kontrolliert abbrennen lassen. Jetzt schützen wir das angrenzende Wohnhaus.“

„Sagen Sie bitte, wie kommt es eigentlich, dass noch immer solch’ riesengroße Brände entstehen? – Wir leben doch nicht mehr im Mittelalter?“, fragte die Reporterin.

„Dieser Großeinsatz zeigt uns wieder einmal, wie wichtig wir sind. Heutzutage entstehen die Brände oft durch Brandstiftung. Da müssen wir noch in den Brandresten sehr genau nachschauen. Vielleicht war es ein verschmortes Elektrokabel? – Der Bericht der Kriminalpolizei wird es zeigen."

„Sie meinen, es könnte auch Brandstiftung gewesen sein? Das ist ja schrecklich."

„Ja, sicher. Aber diesmal glaube ich sogar, dass *Sie* daran schuld sind!"

„Wie meinen Sie denn *das*?", fragte die Reporterin völlig irritiert zurück.

„*Sie* hatten doch in Ihrem Sender dazu aufgerufen: Melden Sie sich, wenn bei Ihnen *was los ist*. – Das hat vielleicht einer falsch verstanden und gezündelt; oder wären Sie vom Fernsehen auch *ohne* Großfeuer zu uns nach Klein Reuschen gekommen?"

Ihre Schrift

Peter Schubert hielt die Postkarte von Tante Heti in seinen Händen, drehte und wendete sie: „Das ist ja ein Ding. Ist das tatsächlich *ihre* Schrift?“, fragte er verwundert Karin. Seine Frau hatte die Karte am Vormittag aus dem Briefkasten genommen, grübelte die ganze Zeit und meinte nun: „Wenn es nicht so makaber wäre, könnte man sich glatt über ihre Post freuen. Dabei hat sie doch so gut wie nie *geschrieben*. Sie hat angerufen, ja. Und nun Post von ihr? – Den ganzen Tag denke ich darüber nach, wie sie es geschafft hat, uns nach ihrem Tod eine Karte zu schicken?"

Peter Schubert erinnerte sich an ein Gespräch über *E-Mails aus dem Grabe*. Tante Heti wollte schon damals alles haargenau wissen.

Und irgendwie passte das zu ihr. Tante Heti war schräg, oft sogar sehr schräg. Da waren zum Beispiel ihre Untermieter. Von den fünf Zimmern ihres Hauses bewohnte Tante Heti nur eins im ersten Stock. Im Erdgeschoß lebten ihre Mutter, der Onkel und in einem weiteren Zimmer ihr geschiedener Mann. Oben im vierten Zimmer ihr Bruder. Sie waren zwar alle schon tot, aber ihre Seelen spukten durchs Haus und belegten die Zimmer. Zutritt war quasi verboten. Tante Heti musste also, um in ihr kleines Reich zu kommen, immer die steile Holztreppe hinauf. Das würde sie jung halten, meinte sie.

Dann waren ihr Überraschungen zuwider. Man durfte sie nie spontan besuchen. Nur nach Anmeldung. Sie vergab Termine! Eine Überschneidung mit anderen Besuchern wäre für sie eine Katastrophe gewesen. Sie hielt die Bekannten schon immer getrennt, niemand wusste von den anderen. Tante Heti war geheimnisumwittert. Sie ließ sich nicht fotografieren, warf Bilder von sich weg, auch alte Dokumente. Briefe landeten im Müll. Karten, die man ihr schrieb, hatten eine sehr geringe Halbwertzeit. *Selbst* schrieb sie keine Briefe; für eingehende Post bedankte sie sich lieber telefonisch. Bloß keine Spuren hinterlassen! Was sie mit dem Einen besprach, wurde bei dem Anderen verschwiegen oder anders erzählt. Das kam erst heraus, als man sich nach ihrer Beerdigung zum Leichenschmaus traf.

Oh! Ah! Das wusste ich gar nicht, so ging es reihum. Aber alle stimmten im

Nachhinein zu: Ihr Tod hätte nicht sein müssen! Hätte sie sich im Erdgeschoß ein Zimmer eingerichtet, wäre ihr die Holztreppe erspart geblieben, die ihr letztlich das Genick brach. – Nicht wirklich, liest sich aber gut. Um korrekt zu bleiben, müsste es heißen: Für einen Augenblick kam sie beim Runtergehen leicht ins Straucheln, stürzte die Treppe vornüber hinunter und prallte unten mit dem Kopf an die gegenüberliegende Wand. Ein Sichaufrichten war unmöglich. Das rettende Telefon stand in der Ladeschale über ihr, in unerreichbarer Höhe von einem Meter. Sie lag da und konnte nur auf den nächsten organisierten Besucher aus dem *inneren* Kreis warten. Dieser müsste mit dem Schlüssel, der im Garten versteckt war, das Haus öffnen und sich den Tatsachen stellen.

Oh! Ah! Das wusste ich gar nicht, dass

es einen Reserveschlüssel gab, hörte man vereinzelt. Und alle merkten, es gab einen inneren und einen äußeren Freundeskreis. Zum Glück von Tante Heti hatten *mutige* Freunde den nächsten Termin. Diese erkannten die Situation blitzschnell. Der Notarzt kam und im Krankenhaus gaben alle ihr Bestes, aber es würde dauern, hieß es. Am Krankenbett trafen sich nun völlig Unbekannte, darunter der engste Vertraute und erste Bevollmächtigte mit schmalem Aktenordner unterm Arm. Bei den Unterlagen war auch eine Patientenverfügung: Keine lebensverlängernden Maßnahmen. – Pech für Tante Heti. Ihr Gesundheitszustand wurde genauestens im Krankenhaus beobachtet. Erst ging es ihr besser, dann schlechter, dann ganz schlecht und aus. Leichenschmaus. In ihrem letzten Willen wurden zur Verwunderung aller wieder andere begünstigt.

Sag ich doch, alte Leute sind unberechenbar, ging es reihum. Kopfschüttelnd liefen die neuen Bekannten auseinander.

Später traf sich der harte Kern noch einmal. Peter Schubert war auch dabei und nutzte die Gelegenheit. Er holte die Karte von Tante Heti aus seiner Tasche und fragte in die Runde: „Kann mir das bitte mal einer erklären? Hat jemand vielleicht eine Idee? – Wir haben eine Karte von Tante Heti nach ihrem Tod bekommen. Das ist doch makaber."

„Nichts leichter als das", sagte der engste Vertraute, der immer noch mit dem Ordner unterm Arm herumlief. „Ich hatte im Nachlass die Karte an euch gefunden, sie frankiert und endlich abgeschickt. Sie ist tatsächlich von ihr." Er lächelte dabei über seinen Spaß. Wie zum Beweis holte er noch einmal das von Hand geschriebene Testament heraus und legte die Karte darauf: „Es stimmt, was ich sage: Es ist *ihre* Schrift."

Das ist perfekt, dachte sich Peter Schubert. Es gab kein weiteres Schriftstück von Tante Heti, und so bestätigte auch er leise: „Ja wirklich, es ist *dieselbe* Schrift."

Endlich

Frieda hatte den frankierten und bereits adressierten Umschlag vor sich liegen. Das Tonbandgerät war bereit. Sie hatte die Kassette eingelegt und drückte die Aufnahmetaste, sie räusperte sich und begann: „Liebe Rundfunkleute! Ich möchte mich beteiligen am diesjährigen Aufruf *Sagen Sie uns endlich Ihre Meinung! Nach 25 Jahren.*"

Man hörte ein Rascheln. Sie las vom Blatt ab: „Endlich muss ich *nichts* mehr sagen, wenn mich einer fragt. Aber wer sollte mir denn jetzt noch Fragen stellen? Mit meinen einundneunzig Jahren fragt mich sowieso keiner mehr. Auch die von dieser kostenlosen Zeitung haben mich nicht gefragt. Haben einfach geschrieben: 90 Jahre wird Frieda Klein im Schönen Weg 36. Natürlich wollte ich das nicht. In den heutigen Zeiten! Liest noch ein Bösewicht und denkt sich: Ah, da wohnt so 'ne alte Frau, da hab' ich leichtes Spiel. – Dabei verrammle ich sowieso schon alles, sonst geht es mir noch wie meinem Nachbarn. Die Diebe sind tags rein und haben die Brieftasche mit all den Geldkarten gestohlen. – Und was hat die Polizei gesagt? Selber schuld, meinten sie. Er hatte alle Türen offenstehen, als er hinten im Garten war. Soll *mir* ja nicht passieren! Und das mit der Zeitung, da hab' ich mich erkundigt: Man muss so ein Schreiben aufsetzen, dass man die Herausgabe der personenbezogenen Daten nicht mehr wünscht. Das hab' ich gemacht und zum 91. hatte ich endlich Ruhe. – Keine Ruhe hatte ich, als ich meinen *Dieter* bekam. Mein Sohn wog immerhin 4.000 Gramm bei der Geburt, trotz schlechter Zeiten. Hat mich viel Kraft gekostet. Und dann haben die Leute gesagt: Was für ein freundlicher Junge. Von wem hat er denn die breiten Wangenknochen? Mit meinem Mann konnten sie ihn nicht mehr vergleichen. Er kam Anfang 45 noch mal kurz vorbei. Die Truppen wurden verlegt. Zur Ostfront. *Er* kam nicht mehr zurück. Dafür kamen die Befreier. Und alle wussten doch, was hier geschah. Was immer geschieht, wenn die Front übers Land zieht. Ich war gerade zwanzig. – *Endlich* kann man es sagen! War ja lange Zeit nicht erwünscht. Heute gibt es die Pille danach. Na ja, das sind andere Zeiten. Und das kann man wirklich nicht miteinander vergleichen! Das weiß ich. Aber sagen wollte ich es trotzdem mal. Hätte mir geholfen, damals.

Ich kann auch nicht behaupten, dass ich

Pech gehabt hätte im Leben. Im Gegenteil: Ich konnte 1985 mit sechzig in Rente gehen. Das war so. Das war Gesetz. Und auch gerecht. Die Frauen hatten ja oft die Doppelbelastung. Beruf und Familie. Zum Beruf wurde man doch nachdrücklich *gebeten*. Aber wir hatten uns daran gewöhnt. Ist auch ein wenig Gleichberechtigung. Nicht wie in den alten Bundesländern, wo die Frau nur arbeiten gehen durfte, wenn es der Mann erlaubte. Und das bis in die 70er Jahre hinein. 1970 meine ich. Nicht 1870. Wussten viele gar nicht. War aber so. – Und *mir* gab der Beruf Selbstbewusstsein. Ich war wer. Nicht nur zu Hause die Putze.

Als ich dann Rentnerin wurde … das war wie ein anderes Leben. Ich sagte mir jeden Tag: Du hast heute frei. Du bekommst deine Rente, bist finanziell unabhängig und kannst machen, was du willst. Deine technischen Zeichnungen macht jetzt eine andere. Du musst nicht mehr hin zum Betrieb. *Endlich*. Du musst nur noch einkaufen, damit du was zu essen hast. – Man kann dieses neue Leben aber auch anders sehen: Du fällst in ein großes Loch. Deine ehemaligen Kolleginnen hasten weiter zur Arbeit, zu ihren Terminen und zur Familie. In ihrem Tagesablauf gibt es keinen Platz für dich. Sie haben andere Sorgen. – Nun such' dir mal Ersatz dafür. Nicht für eine Stunde, sondern für den ganzen Tag!

In Schweden werden Kurse gegeben in Vorbereitung auf den Ruhestand. Ja, man schafft es auch alleine: Man soll sich weiterbilden. Warum nicht an der Volkshochschule? Endlich seinen Hobbys nachgehen, für die man nie genug Zeit hatte. Im Kiez was machen. Und Freundschaften pflegen und neue Freunde finden. Hab' ich auch versucht: Es gab eine sehr nette Bekannte. Wir haben einmal im Monat miteinander telefoniert. Bücher habe ich ihr geliehen, damit wir uns anschließend darüber austauschen könnten. Hab' auch mit ihrem Mann telefoniert, immer sehr nett. Aber es ging nicht weiter. Dann hatte ich wieder einen Grund gefunden für einen Anruf, wir unterhielten uns eine ganze Weile und dann kam ihre Frage: *Warum* hast du eigentlich angerufen? – Ich weiß, sie kriegt auch schon Rente und macht nebenbei irgendwas in mini, ihr Mann ist viel zu Hause. Sie haben Kinder und Enkel. Da kommt man schwer rein als Alleinstehende. Inzwischen belassen wir es bei zwei Besuchen im Jahr. Immerhin.

Und dann wollte ich noch eine andere Bekannte näher an mich binden. Ich lud sie zum Nachmittag ein, Kaffee und Kuchen, hatte auch Abendbrot bereit, falls es später werden würde. Vom Kuchen aß sie mehr als die Hälfte, nahm hinterher eine Cholesterintablette und nach eineinhalb Stunden ging sie wieder. Es war noch nicht alles gesagt. Sich wiedersehen? In einem Jahr? Wir wollen in Kontakt bleiben. Beim nächsten Mal werde ich für sie *kochen*. Sie war sehr dünn. Freunde sind ein teures Gut, man muss sie hegen und pflegen.

Wo mag *Askar* jetzt sein? Lebt er überhaupt noch? Kirgisen werden alt, sagt man. Seinen Namen hab' ich immer für mich behalten. Hab' gesagt, dass mein Sohn natürlich von meinem Mann sei. Und das breite Gesicht? Wenn sie mich zu sehr in die Enge getrieben haben mit ihren Fragen, hab' ich gesagt: *'ne Mutation?* So etwas kommt schon mal vor. – Dieter hat die ganze Zeit bei mir gewohnt. Vierundvierzig Jahre. Die Wohnung war groß genug. Jeder hatte seinen Bereich. War schon okay. Muttersöhnchen? Hotel Mama? Ich weiß nicht. Jemanden mitbringen? Das hat er nicht gemacht.

Da nahm er immer Rücksicht. – Und dann kam die Wende und alles war frei und offen. *Endlich.* Dieter brachte jetzt seinen Freund mit nach Hause. Er fragte mich einmal: ‚Wenn ich immer mit dem einen zusammenbleibe, dann kann ich mich doch nicht anstecken?' Aber es blieb nicht bei dem einen. Er hat sich wohl ausprobieren wollen? Nachholen? – Und dann starb er '94 an AIDS. Ich frag' mich oft: Würde er noch leben ohne Mauerfall?

Aus der vielen Zeit etwas machen und auf die nächste Rentenerhöhung warten. Seit Juli 2015 gibt es wieder etwas mehr. Sind eigentlich demnächst Wahlen? Nicht, dass ich unzufrieden bin, aber selbst nach 25 Jahren sind die Renten nicht auf einem Niveau. Das hat Schäuble gut verhandelt. Damals. Für die Westseite. *Endlich* darf man's sagen. Aber was soll's! War eben nur ein Anschluss. War nix auf Augenhöhe.

Immerhin gibt es etwas mehr. Nicht wie in Griechenland, wo Löhne und Renten gekürzt und die Banken bedient werden. Aber so richtig versteht das wohl keiner. Ich spür nur so eine gewisse Unsicherheit. Als ob man auf einer Kaugummiblase sitzt, die jeden Augenblick platzen kann. Lohnt es da noch zu sparen?

Unsicher war es auch nach der Wende. In vielerlei Hinsicht. Man wollte tatsächlich den § 218 auch für die Neuen Bundesländer einführen. Aber diese Kröte mussten die Vereinigungsleute zunächst schlucken. Immerhin!

Jedoch beim Geld, da haben sie uns gelinkt. Die noch bis zur Rente arbeiten mussten, taten mir echt leid. Was zuzumachen ging, wurde zugemacht und lieber Arbeitslosengeld gezahlt. Jegliche Konkurrenz wurde plattgemacht oder übernommen, um sie dann wegen Überproduktion oder

Unwirtschaftlichkeit schließen zu können. Wieder Arbeitslosengeld. Was da den Menschen angetan wurde! Es ist, als ob man einem die Würde nimmt. Mit Arbeitslosengeld wird man nicht glücklich."

Frieda raschelte wieder mit den Blättern, sah auf die Uhr und fragte: „Bin ich schon zu lang, liebe Radioleute? Aber ihr bearbeitet ja sowieso alles! – Lasst mich das mit der SPD noch sagen: Ich hab' ja nun lange genug das Haushaltsbuch unserer Kleinfamilie geführt. Die Einnahmen sollten immer höher sein als die Ausgaben. Grundregel. Da frag' ich mich, wie kann eine Regierung auf Geld verzichten? Der Spitzensteuersatz in der BRD lag mal (1989) bei 56%. Was einmal Gesetz ist und auch gezahlt wird, ohne groß zu murren, das kürze ich doch nicht als Verantwortlicher. Aber so was machte die SPD. Ich dachte immer, die sind für die kleinen Leute da? Und weil es so schön war, gleich noch einmal: über 53% sind es heute bloß noch 42% bzw. 45% für Besserverdienende. – Dabei hätte ich so viele Ideen, wofür man Geld ausgeben könnte. Zuerst hätte ich die Staatsschulden bezahlt. Ja, kommt denn da keiner drauf? Und selbst, wenn dies keinem eingefallen wäre, hätten sie nur aus dem Fenster schauen brauchen, auf die Straße, auf diesen Flickenteppich. Bei mir zu Hause klirren die Gläser im Schrank, wenn ein LKW vorbeifährt!"

Frieda atmete schneller, so sehr konnte sie sich darüber aufregen. Sie konzentrierte sich, legte das letzte Blatt Papier nach oben und fuhr mit einer Bemerkung fort: „Liebe Radioleute! Ihr überprüft das alles noch mal mit den Zahlen? Bitte. In meiner Erinnerung war jedes Mal die SPD am Ruder. Allein oder in großer Koalition. Ich weiß das nicht so richtig. Aber eins weiß ich noch ganz genau, wie der Schröder (SPD) herumlief und von der Agenda 20-10 erzählte und von den Einsparungen, die notwendig seien. Ein großer Umbau des Sozialstaates müsse erfolgen. Umbau hieß Kürzung. Ansprüche wurden zusammengelegt und die Bezugszeiten gekürzt. Das waren gewaltige Einschnitte! Das hat die Leute so sehr aufgebracht, dass sie montags auf die Straße gingen. – Nur mit Nachbesserungen waren sie zu beschwichtigen. Dabei wäre das alles nicht nötig gewesen! Mit den Steuern der Besserverdienenden hätte die Umverteilung von oben nach unten wunderbar funktioniert. Und ich dachte immer: Für die kleinen Leute sei die SPD da? – Man, bin ich froh, dass man das jetzt alles sagen darf."

Frieda machte nun eine kleine Pause. Dann meinte sie abschließend: „Hier würde ich aufhören, liebe Radioleute. Ich prüfe gleich die Kassette, und dann geht sie noch heute zu euch. Macht bitte was draus!"

Frieda stoppte die Kassette, spulte sie zurück, hörte rein, war zufrieden, packte sie in den Umschlag und machte sich auf den Weg zum Postbriefkasten.

Sie wusste nicht, ob es jemals im Radio laufen würde; aber sie hatte sich vieles von der Seele geredet.

Endlich.

Hans

„Ach Elsa, es tut mir ja so leid für dich“, versuchte sich Helga zu entschuldigen, „aber ich fühle mich völlig *un*schuldig. Katzen suchen sich auch ihr Zuhause alleine aus.“

Elsa sah aus dem Fenster des Cafés und dachte: Sie kann doch nicht Hans mit einer Katze vergleichen! – Aber warum eigentlich nicht? Elsa hantierte an ihrem Kaffee herum, versuchte mit dem Löffel den Schaum wegzuschieben und trank schließlich einen Schluck. Dann legte sie eine Hand auf Helgas Arm, drückte ihn leicht und sagte ganz ruhig: „Ist schon gut. Ich hatte ihn lange genug. Nach 50 Jahren kann ich auch mal loslassen."

Helga war erleichtert: „Ich find das ganz toll von dir, dass du das so locker siehst. Weißt du was, wir drei können doch Freunde bleiben."

Elsa nickte. „Ja, warum nicht. Wenn er bockt und nicht mehr will, dann rufst du einfach durch und fragst mich, wie du ihn wieder zum Laufen kriegst."

Jetzt kicherte Helga: „Wie so 'n altes Küchengerät. – Und wie lange darf ich dich abends anrufen?"

„Wann geht ihr denn zu Bett?", fragte Elsa zurück.

„Na, das weißt du doch! Um zehn ist das Licht aus", meinte Helga.

„Gut. Dann maximal bis acht. Somit schließen wir den Schweinskram von vornherein aus", antwortete Elsa und lächelte.

„Ach“, winkte Helga ab. „So weit sind wir noch lange nicht. Er ist doch erst drei Tage bei mir. Es ist alles so aufregend. Und dass du so großherzig bist … gar nicht böse mit uns.“

„Ist schon gut. Wir hatten unsere Zeit und alles war auch nicht immer rosig. Nach unseren Turteljahren folgten die Herrenjahre. Dann die Feldherrenjahre und wehe, ich tanzte nicht nach seiner Pfeife … Dann war er ungenießbar, war aufbrausend. Nur jähzornig war er nicht.“

„Was du nur hast? Bei mir ist er lieb, anschmiegsam, ruhig und ausgeglichen. Er isst, was ich koche. Einen besseren kann ich mir nicht vorstellen“, meinte Helga.

Aber was wusste sie schon vom Leben? Hans war ihre *erste* Erfahrung.

Die Kellnerin scharwenzelte um die beiden Damen herum und forderte das zustimmende Nicken ein. Zwei Glas Weißwein bestellte Elsa. Dann wollte sie von Helga wissen, ob Hans bei ihr *geklingelt* hatte?

„Das war ganz komisch", berichtete Helga, „ich war zu Hause, hörte Geräusche an meiner Haustür, dachte schon, es wäre ein Einbrecher. Ich überlegte, was ich machen sollte? Die Polizei rufen? – Dann nahm ich den Ofenhaken und öffnete ruckartig die Tür. Und da stand Hans mit seinem Schlüsselbund in der Hand. Er wunderte sich, dass er den Schlüssel nicht ins Schloss bekam. Tja, so ist das nun mal, wenn man ins *falsche* Reihenhaus will. Sehen ja auch alle irgendwie gleich aus. War glaubhaft. Ich bat ihn rein, wir unterhielten uns lange und er blieb einfach."

„Ja, bis *ich* dann anrief."

„Genau. Es war komisch. Auf jeden Fall fragte ich dich, ob er nicht über Nacht bleiben darf. – Und du hast einfach *ja* gesagt!"

„Warum denn nicht? Wir sind doch alles erwachsene Leute. Wenn er sich bei dir wohlfühlt, und du ihn magst, dann haben doch alle etwas davon."

Die Kellnerin brachte den Wein, und sie prosteten sich zu.

„Aber du, Elsa, bist doch jetzt allein. Bist du da nicht traurig?"

„Nein, ganz bestimmt nicht. Aber lass uns einen Deal machen. Du hast jetzt Hans, er *ist* bei dir und er *bleibt* auch dort. Bis dass der Tod euch … ach, lassen wir das. Aber im Ernst, er bleibt bei dir und es gibt kein Zurück mehr. Einverstanden?"

„Ähm, das geht aber schnell. Ob ich einverstanden bin? Ich überlege mal. Ohne Rückgaberecht?"

„Genau. Die Ware *Hans* ist vom Umtausch ausgeschlossen!"

„Ich denke", sagte Helga, „lange genug war ich allein. Hab' überall nur Pärchen gesehen. War immer nur das fünfte Rad am Wagen. Es war oft nett, aber oft eben nicht. Ich störte nur, bin gegangen, wenn's … Lass Hans doch jähzornig werden! Besser als gar kein Hans. Schöne blaue Augen hat er übrigens. – Wollt ihr euch scheiden lassen?"

„Muss nicht sein. Verdienen nur die Behörden dran. Wilde Ehe. Das könn' wir auch im Alter. Meinen Segen habt ihr. Aber für immer. Ohne Rückgaberecht, wie gesagt. Und red dich nicht mit einem Haustürgeschäft raus! Also, was ist?"

„Mein Herz sagt ja, mein Bauch sagt ja, nur mein Verstand sieht den Haken noch nicht", meinte Helga.

„Es gibt keinen Haken. Wir werden alt und älter, auch krank und kränker. – Also, du nimmst ihn für immer!", bestimmte Elsa.

Helga überlegte weiter: „Wir verstehen uns prima, er ist ruhig, lächelt mich an, und ich bin nicht mehr einsam. – Kann ich jetzt den Telefon-Joker nutzen?"

„Wen willst du denn anrufen? Seinen Hausarzt? Telefon-Joker ist verboten! Du nimmst ihn, ja? Und behältst ihn, ja? Ich bin jetzt die Standesbeamtin und frage dich ein letztes Mal: Wollen Sie …"

„Ja, ich will!", brach es aus Helga heraus. Nun fasste *sie* Elsas Hände, drückte sie und fragte: „Wo ist der Haken?"

„Einen Haken? – Hans ist so handzahm, weil …"

„Wo ist der Haken?", fragte Helga eindringlich.

Elsa sah verlegen zur Seite: „Nun ja, Hans hatte letzte Woche einen leichten Schlaganfall."

Amerika ist überall

Peter Schubert fragte sich, was heute wieder schiefgehen könnte. Er saß grübelnd am Frühstückstisch seiner Frau gegenüber. Karin kannte ihn nur zu gut, sie sah ihren Mann an und las in seinen Sorgen.

„Na?“, fragte sie nur.

Das war ihre Einstiegsfrage.

„Naja“, meinte er und überlegte, ob er schon jetzt mit seinen schwarzen Gedanken herauskommen sollte. Denn er war noch nicht fertig mit dem Denken. Und Unfertiges mochte seine Frau gar nicht.

„Naja“, begann er, „*positiv* denken soll man doch.“

„Ja“, sagte sie ruhig, „auch *du*!“

„Ich weiß. Aber die Nachricht hast du *schon* gehört?“

„Welche?“

„Stimmt. Es gibt da mehrere“, gab Peter Schubert zu, „ich meine die aus Amerika, wo sie das falsche Haus abgerissen haben.“

„Ja. Dumm gelaufen da drüben. Eben Amerika“, meinte Karin, „aber das kann *hier* doch nicht passieren …“

„Das sehe ich auch so“, stimmte Peter ihr zu, „deshalb denk' ich ja positiv: So etwas passiert *uns* hier nicht. – Aber, wenn doch …?“

„Was, wenn doch?“ Seine Skepsis nervte sie. „Wir waren mit dem Chef der Abrissfirma vor Ort. Haben ihm alles gezeigt. Das Gartenhaus ist geräumt und die

Anschlüsse sind gekappt. Strom, Wasser und Gas."

„Stimmt", sagte Peter Schubert, „du hast recht. Eigentlich kann nichts mehr schiefgehen. – Aber noch ein Gedanke: Was ist, wenn der Chef den Auftrag weitergereicht hat?", warf Peter zögerlich ein, „an 'nen Suppi oder so. – Da kannst du alles besprochen haben und trotzdem …" Nun waren seine Gedanken raus und Peter Schubert war erleichtert. Jetzt konnte er sich selbst beim größten Crash zurücklehnen und sagen: Hab' ich doch geahnt. Genau das hab' ich gemeint.

„Der Chef ist verantwortlich. Mach dir keine Sorgen. Geh ruhig zur Arbeit. Es wird schon klappen."

Das war ihre Schlussansage.

Peter Schubert übte sich in Zurückhaltung. Von seinem chaotischen Traum erzählte er lieber nichts: Er sah den Bagger auf dem Grundstück wüten, mit seinem Gewicht zerquetschte er die Wasserleitung, ein See bildete sich und beim Zurücksetzen riss auch noch die Gasleitung ab. Es knallte, der Bagger machte einen Satz, der Fahrer wurde aus seinem Gefährt geschleudert und prallte gegen den Rest des Gartenhauses. Das Blut floss, als Peter Schubert vorsichtig seine Augen öffnete und der Traum endlich zu Ende war. Alles nur geträumt! Was sorgte er sich überhaupt? Es gab keinen Grund. Auch war heute nicht Freitag, der dreizehnte. Und für den Notfall hatten sie seine Handynummer.

Trotzdem hatte Peter Schubert ein ungutes Gefühl, als er später in seinem Büro saß. Er war unkonzentriert, starrte aus dem Fenster und fragte sich wiederholt, ob er hätte dabei sein sollen? Doch er bekam nicht frei. Auch ein schönes Gefühl, auf Arbeit gebraucht zu werden! Eine Krankschreibung? Darauf kam er nicht. Egal. Positiv denken. Es wird schon …

Als der Abriss fertig war, meldete sich der Fahrer auf Peter Schuberts Handy. Er sprach gebrochenes Deutsch: „Alles gut. Rest raus. Altes Zeug. Wie Haus. Und das Akkordeon kann wirklich weg?"

„Hm, was für ein Akkordeon?", wunderte sich Peter Schubert, „und die Anschlüsse?"

„Alles schick. Nix kaputt. Strom und Wasser gut. Aber kein Gas. Nix Gas."

Dumm gelaufen, dachte sich Peter Schubert. Ich hab's ja gewusst: Amerika ist überall.

Die Aufgabe

Mensch Marco, nun hast du doch verloren. Den Kampf der Brüder. Du hast ihn begonnen, als Muttern mit mir auf dem Arm die Krankenhaustreppe runterkam. Vatern und du da unten. Ihr habt uns abgeholt nach meiner Geburt. Ein Schock für dich: Du warst nicht mehr allein, nun gab es neben dir noch einen. Diese Begebenheit hat dich *so* beeindruckt, dass du sie noch 30 Jahre später in deine Hochzeitsrede eingebaut hast.

Dabei konntest du dich nicht beschweren. Du hast immer die neuen Sachen bekommen und ich musste deine abgelegten tragen. Aber so ist das nun mal. Wenn einer zwei Jahre älter ist, hat der Ältere Vorteile. Nur einmal war es anders. Da hatte ich einen richtig schicken Pullover. Ich ließ ihn zu Hause, als ich zur Armee musste. Dir nahm ich das Versprechen ab, ihn in meinem Schrankfach zu lassen. Als ich aber später auf einem Seminarfoto dich mit *meinem* Pullover sah, war ich stinksauer. Aber das war das einzige Mal.

Du hast dich bestimmt viel öfter über mich geärgert. In der Grundschule begann das. Du hattest dir einen Namen gemacht. Alle kannten dich, Marco. Aber zwei Jahre später stahl *ich* dir die Show. Und die Lehrer sprachen dich auf einmal mit *meinem* Namen an. War ja auch gemein von unseren Eltern, uns Marco und Markus zu nennen.

So ging das immer weiter. Oberschule,

Erweiterte Oberschule. Immer folgte ich dir. Nur im Beruf, da bist du mir entfleucht. Die Leiter rauf, da warst du flink. Ohne Rückschau. Die Nase ganz hoch. Selbst die Geburtstagsgrüße schliefen irgendwann ein. Und die neue Handynummer wurde einfach verschwiegen. Aus. Schluss. Vorbei. Endlich du da oben.

Aber dann dein großer Absturz. Runter von ganz oben. Ohne Vorankündigung. Keine Zeit mehr, eine Festplatte zu löschen. Büro weg, Schlüssel weg, Smartphone weg, Fahrer weg, Ausweis weg, Hausverbot. Zu Fuß nach Haus. Vom Hof gejagt. Bitter, nur bitter.

Im Internet: Betrug, Bestechung und Bestechlichkeit, Unterschlagung. Gläubiger in Schlange. Der Schaden zu groß. Privatinsolvenz. Scheidung, Haus weg. Name verbrannt. Abgetaucht. Prozess offen.

Gern würde ich mit dir klönen, deine

Lage besprechen, nach Auswegen suchen. Aber nur *du* kannst dich melden. Meine Handynummer gilt noch immer.

Ach ja, du warst doch schon früher so genau. Ich erinnere mich, wie du dich bei der BILD-Zeitung gemeldet hast als Korrekturleser vor dem Druck der Tageszeitung. Dich störten die vielen Tippfehler. Sie wollten aber nicht.

Jetzt, heute, könntest du zu *mir* kommen. Ich weiß, du magst die Einflugschneise nicht. Aber ich könnte dir mein altes Smartphone schenken mit dieser App, die Flugzeuge am Himmel erkennt. Wenn du damit eine Statistik über Flugverspätungen erstellst, dann wärst du wieder gefragt und hättest endlich eine Aufgabe.

Melde dich.

Ich weiß, du hast alle Zeit der Welt.

Der Feinschmecker

„Hast du sie richtig drauf?“, fragte Nele, „zeig mal her.“ Sie zog an Olafs Arm und sah auf sein Smartphone. „Nee, versuch mal das Gesicht zu kriegen, geh’ nah ran. Die läuft schon nicht weg.“

Olaf machte weitere Bilder.

„Was soll denn das?“, fragte ich mich, „warum fotografiert der mich? Eine Unsitte: Jeder fotografiert alles. Aber warum gerade mich? Bin ich denn hier die Dorfkatze?“ Ich war sehr erbost. Aber was soll’s? Wär’ ich ein Stubenhocker, hätten sie mich nicht fotografieren können. Bisher hatte ich Glück. Bisher waren nur vernünftige Leute bei Erna. Seit der ersten Begegnung nennt sie mich übrigens Ticki, blöder Name. Bei einem Streifzug durch ihren Garten hatte sie mich entdeckt und gefüttert. Angefüttert. Nun lieg ich auf ihrem Bett, wenn sie nicht da ist. Das darf ich inzwischen. Naja, geduldet. Sie kann nicht anders. Sie liebt mich. Ich kann gehen, wann *ich* mag. Und sie freut sich, wenn ich wiederkomme. Sie darf mich auch streicheln. Es steht Futter da. Immer. Vollverpflegung. Erna bleibt nie über Nacht weg. Sie sorgt sich, ich könnte verhungern. Das nenn ich wahre Liebe.

Mein Tagesablauf ist einfach: morgens komm ich nach Hause, zur Erna. Nehme ein paar Happs Futter. Dann schlafe ich den ganzen Vormittag und später zieh ich durch die Gärten bis zum Haus von Heti. Bei ihr ist es auch schön. Sie hat zum

Beispiel 'nen Vogelkasten und da brüten gerade Meisen. Ich hab' ja Geduld. Stundenlang kann ich ansitzen und hochstarren, bis mir das Genick wehtut. Irgendwann wird ein Junges schon mal runterfallen. Leider werde ich immer verpfiffen. Irgendein Vogel warnt ständig. Das hört natürlich auch Heti, dann ruft sie mich: „Moritz, komm da weg! Hier steht dein Futter." Sie mag es nicht, wenn ich da so sitze und warte. *Sie* versorgt mich. Umfänglich. Was meinem Umfang gar nicht gut tut. Wer hat schon *zweimal* Vollverpflegung? Aus Dankbarkeit bleib ich bei ihr den Abend und bis weit in die Nacht.

Bei Erna hab' ich es einmal geschafft, morgens nichts zu fressen. Sie sah mittags meine volle Schale, war verzweifelt, überlegte und stellte sofort mein Essen um. Sie versuchte, mich mit Schlabberpaps zu kriegen. Kaufte so etwas für Ältere. Meine

Zähne brauchte ich gar nicht mehr. Es ging mit Schlecken und Schlucken. Und dann dieser Duft! Schlemmerpastete mit Hühnchen und Gemüse. Lecker. Da konnte ich nicht mehr *nein* sagen. Sehr zu meinem Leidwesen, denn mein Äußeres ähnelte bald einem Ofenrohr auf Beinen.

Trotzdem lernte ich auf der Straße eines Tages Chili kennen. Chili hatte etwas Rötliches im Fell, so einen irischen Schimmer. Ich wusste gar nicht, dass mir das gefallen würde. Meine Augen entfernten sich aus ihrer ursprünglichen Position und begannen zu kreisen, so lieblich war sie anzusehen. Aber als Chili mir irgendwann in ihrer direkten Art sagte, ich wäre zu dick, sah ich erschrocken meinen Körper an, verglich meinen mit ihrem und stellte fest: Sie hatte recht. – Da ich ihre Nähe nicht missen wollte, redete ich mich um Kopf und Kragen: Es sei alles den Umständen geschuldet, schwere Kindheit gehabt, meine Mutti konnte mich nicht stillen und nachdem ich später einmal eine Woche lang in einem Bauwagen eingesperrt war und fast verhungert wäre, könne ich Futter nicht mehr stehenlassen.

„Du musst doch nur wollen", meinte Chili, „nimm von allem weniger. Dein Gewicht soll runter. Und ich sag dir das nur, weil ich dich mag."

Letzteres hörte ich natürlich gern und prinzipiell war gegen beides nichts einzuwenden. Ich hatte wieder eine Motivation. Durchs Revier zogen wir fortan gemeinsam, durchstöberten erst meine und danach ihre Gärten. Sie nahm mich mit zu Margot, zeigte mir ihren Schlafplatz und den leeren Futternapf. „Warum nicht?", meinte Chili, „es muss nicht immer etwas dastehen. Es gibt hier feste Zeiten." Das war mir völlig fremd. Bei meinen beiden

Futterstellen gab es immer etwas. Als wir dann zu Heti weiterzogen, sah ich schon von weitem an der Haustür Olaf und Nele. Diese beiden Typen, die mich fotografiert hatten. Zu Chili machte ich ein Zeichen. Wir duckten uns und hörten zu.

„Wissen Sie, wir fragen gerade alle in der Gegend, ob jemand diese Katze kennt?“ Olaf zeigte Heti die Fotos: „Wenn sie nämlich keiner kennt, muss sie ins Heim. – Aber so dick wie sie ist, hat sie bestimmt noch ein zweites Zuhause.“

Heti sah kurz auf die Bilder: „Ja, na klar kenn ich ihn! Das ist mein Moritz. Der kommt nachmittags und bleibt über Nacht.“

„Prima, dann weiß sie ja, wo sie hingehört“, meinte Olaf.

„Wieso *sie*? Moritz ist männlich, zwar kastriert, aber …“

„Komisch, Erna ruft sie immer *Ticki*.“

„Ach, bei der Erna ist er noch? – Wusste ich nicht. Wir haben leider keinen Kontakt mehr. – Warum fragen Sie eigentlich?“

„Erna will weggehen. Und wir überlegen, was aus Ticki wird. Aber wenn Moritz hier noch jemanden hat, muss er ja nicht ins Heim.“

„Auf keinen Fall. Das ist *mein* Moritz“, wiederholte Heti.

Als Olaf und Nele endlich weg waren, fragte ich Chili: „Hast du das auch gehört? Erna will weggehen? Und ich müsste ins Tierheim? Nur gut, dass Heti mich auf den Fotos erkannt hat.“

Chili nickte und meinte: „Ja. Das hab' ich auch so verstanden. Aber warum will Erna weg?“

„Das weiß ich nicht“, sagte ich und zeigte ihr meinen Futternapf bei Heti. Als Chili das Trockenfutter sah, begann sie gleich: „Na, hier ist es ja einfach. Friss langsamer und weniger, trink dazu und warte, bis alles im Magen quillt und sich das Völlegefühl einstellt."

Ich probierte es und dachte an Wassersuppe. Es war gar nicht lecker, aber es funktionierte und ich konnte Futter stehenlassen.

Das mit Erna sorgte mich sehr. Damit konnte ich nicht umgehen. Bisher bin immer *ich* gegangen und gekommen, wann ich wollte. Und nun hörte ich von ihren Plänen. Ich erzählte Chili von Erna und schwärmte: „Sie ist so besorgt um mich. Ich hatte einmal sechs Stunden durchgehalten. Ohne Futter. Als sie das unberührte Schälchen entdeckt hatte, geriet sie in Panik und rief mit hoher Stimme: ‚O mein Gott! Du hast nichts gefressen. Bist du krank? Was hast du? Ist es der Fisch? Gut, dann eben ohne Fisch, aber erst ab morgen.' Gerne hätte ich ihr gesagt: ‚Lass mich doch nur. Ich hab' genug.' Aber nein, was machte sie? Sie übergoss mein Futter zusätzlich mit Kaffeesahne. Da konnte ich nicht mehr widerstehen."

„Wow, du bist ja ein richtiger Feinschmecker!", meinte Chili anerkennend.

„Ja", sagte ich zu ihr, „aber wo soll das nur hinführen? Irgendwann füttert mich Erna noch zu Tode."

„Spontan", meinte Chili, „habe ich nur folgende Idee: Du nimmst auch bei Erna weniger, und ich helfe dir dabei. Ein wenig kann ich dir abnehmen, ja?"

„Oh, dass ich nicht gleich darauf gekommen bin! Natürlich wollte ich dich schon immer mal zum Essen einladen. Gute Idee. Das machen wir."

So kam es, dass Chili mir beim Futtern half und sie dadurch selbst zur Feinschmeckerin wurde. Wir genossen das leckere Essen bei Erna bis zu dem Tag, als wir vor verschlossener Tür standen. Die Katzenklappe war plötzlich zugenagelt. Das war sehr gemein und es konnten nur Olaf und Nele gewesen sein. Erna hätte so etwas nie übers Herz gebracht.

Das war ein harter Schnitt in unserem Leben. Klappe zu. Bett weg. Kein Gourmetessen mehr. Ich sah Chili tief in die Augen und sie nickte: „Das machen wir so.“ Ihr Katzenkorb bei Margot war groß genug für uns beide.

Mit der Zeit wurden unsere Streifzüge kleiner und die Ruhephasen größer. Oft schliefen wir, eng aneinandergeschmiegt aber glücklich, bis weit in den neuen Tag.

Am Fenster

Wenn im kleinen Stadttheater der Vorhang fiel und der Beifall einsetzte, war Rolf Luser erleichtert. Ohne ihn gäbe es keine gelungene Vorstellung, aber seine Arbeit wurde kaum wahrgenommen. Er schob, möglichst unbemerkt, die Kulissen. Rolf Luser war *Kulissenschieber*. In seinem Vertrag stand Bühnenarbeiter. Das klang besser. Die Arbeit war für ihn leicht, er musste nur machen, was andere ihm sagten. Weil er zuverlässig war, war er beliebt. Er gehörte dazu und seine Augen glänzten, wenn er in der Theaterklause einer Tänzerin ein Getränk spendieren durfte. Mit seinem Geld kam er so hin, die Mutter verlangte keine Miete. Dafür reparierte er Kleinigkeiten am alten Haus.

Wenn abends Vorstellung war, kam Rolf Luser erst spät nach Hause und er schlief dann oft bis weit in den Vormittag hinein. Seine Mutter bekochte ihn. Sie machte alles, den Garten, den Haushalt, und zur eigenen Belohnung setzte sie sich nach getaner Arbeit in ihren Sessel am Fenster. Die Gegend war ruhig, abgelegen und bei Einbrechern beliebt. Wenn mal ein Nachbar vorbeiging, nickte man sich zu oder hob die Hand zum Gruße.

Die Jahre vergingen ohne große Veränderungen. Einziger Aufreger waren die Preiserhöhungen für Strom und Wasser.

Der plötzliche Tod seiner Mutter war damit verglichen ein Einschnitt in Rolf Lusers Leben. Nach der Trauer folgte die Verwunderung. Nie hätte er gedacht, wieviel Arbeit seine Mutter täglich erledigt hatte, die nun, aufgrund ihrer Abwesenheit, liegenblieb. Auch fehlten Rolf Luser die Gespräche zu Hause. Keiner sagte ihm mehr, was zu machen sei.

Zunächst nahm er den Platz der Mutter im Sessel am Fenster ein. Schließlich wurde ihm klar: Ersatz musste her. Eine Frau. Aber wie sollte er das machen? Sollte er von der Straße eine Frau hereinwinken? Zu selten kam eine vorbei und wenn doch: war sie auch frei?

Vielleicht sollte er im Theater herumfragen? Dann müsste er aber mehr als *ein* Getränk ausgeben. Wer nur sollte in der Zwischenzeit sein Häuschen beschützen, wenn er weiterhin zur Arbeit ginge?

Rolf Luser fiel nur *eine* schnelle Lösung

ein: Ein Hund musste her, nicht ein kleiner Kläffer! Groß und kräftig sollte er sein, einer vor dem man Angst hatte.

Den Hund bekam er schneller als eine Frau. Wenn Rolf Luser dem Hund in die Augen sah, glaubte er, in ihm jemanden zu erkennen. Es war aber *keine liebe* Person, mehr so ein Schlägertyp aus einem Actionfilm. Rambo?

Rambo hatte einen großen, dicken Schädel, war ein ausgemusterter Polizeihund mit zu viel eigenem Willen. Jeder Spaziergang mit ihm war ein Kampf. Mit Würgeband und einem Knüppel in der Hand ließ sich Rolf Luser ziehen. Schnell war den Nachbarn klar: Er schlägt den Hund, um sich durchzusetzen, und er sperrt ihn Tag und Nacht im Zwinger ein.

Aber seinen Zweck erfüllte Rambo. Alle

hatten vor ihm Angst. Auch Rolf Luser.

Einmal ging es abends nach einer Premiere am Theater länger. Es wurde getrunken, die Stimmung war gut; aber es ergab sich nichts für Rolf Luser.

Endlich wieder zu Hause, schaute er in den Zwinger, schob den Riegel weg, wollte noch Fleisch holen, … die üblichen Handgriffe … und zum Schluss die Tür wieder gewissenhaft verriegeln …

Doch an diesem Abend war er geschafft und wollte sich nur mal kurz ausruhen. Er lag, noch angezogen, mit ausgebreiteten Armen auf seinem Bett, schlief sofort ein und schnarchte. Es war zu viel Alkohol gewesen.

Das leichte Knarren der Tür hörte er nicht, als sich der Hund reinschlich, dann mit einem Satz auf das geschwächte Herrchen sprang und die Zähne fletschte. Von all dem nun doch wachgeworden, wollte sich Rolf Luser wehren. Er versuchte es mit einem Würgegriff, aber Rambo röchelte nicht einmal. Der Hund war schneller, biss blitzschnell in die Kehle seines Herrchens, riss und zerrte an seinem Schlund. Rolf Luser war sofort tot.

Noch mit Blut an der Schnauze setzte sich Rambo auf den Sessel am Fenster und sah in die Nacht. Sie war ruhig.

Dann schlich er sich wieder raus und ging zurück in seinen Zwinger.

Gratulation!
Sie haben es geschafft.
Wenn Sie dieses Buch weiterempfehlen möchten, bin ich damit einverstanden.

Haben Sie eine Mitteilung für mich?
Ein Feedback?
Schreiben Sie mir eine E-Mail.

Die Adresse lautet: Roald.Dahl@gmx.de

Kein Scherz.